Zum Buch

Das hier ist kein Roman. Es ist eine Liebesgeschichte.

Aber es ist bei weitem keine klassische Liebesgeschichte. Es ist ein romantisches Drama, das es so nur einmal gibt.

Und dass dieses romantische Drama so phänomenal schön ist, ist zweifellos auch auf seinen lyrischen und musikalischen Inhalt zurückzuführen.

Richie folgt seinem inneren Kompass. Er will sich nach dem Suizid seiner Frau nicht dem Schicksal hingeben und alleine bleiben. An Heiligabend besucht er spontan Lillie, die wie er, seit kurzer Zeit, verwitwet ist.

Einst waren sie und er: **Das Liebespaar** in ihrem Ort. Heimlich sind sie es immer geblieben.

Tatsächlich scheinen nach bitteren Schicksalsschlägen, alle Träume ihrer Liebe in Erfüllung zu gehen. Doch dann ändert ein ungeahnter Vorfall alles, so dass ihr Glück nicht von Dauer sein kann ...

Zur Liebesgeschichte gibt es ein eigens komponiertes Lied mit dem Titel: **Musik ist meine Liebe.**

Über die Autorin

Britt Goldmann, geboren 1963, lebt mit ihrer Familie im baden-württembergischen Enzkreis. Nachdem sie weit über 30 Jahre als Gastronomin gearbeitet hat, und es auch heute noch ehrenamtlich tut, nahm die Autorin die Gelegenheit wahr sich intensiver ihrer Passion dem Schreiben zu widmen. Britt Goldmann sagt von sich: beim Schreiben von Geschichten, Prosa oder lyrischen besinnlichen Texten, höre ich allein auf mein Herz. *„Lillie und Richie"* ist ihr Romandebüt.
Britt Goldmann schreibt derzeit an der Fortsetzung: *„Lillie's Melodie"*.

Impressum

Copyright© Britt Goldmann – Dezember 2020
Eigenverlag: eichwaldverlag@web.de
Umschlaggestaltung: © Britt Goldmann
Layout: Kathleen Müller, www.medienagentur24.eu
Lektorat: Ursula Ziegler
Korrektur: Manuela Kusterer
Kontakt: brittgoldmann@web.de und
in Facebook: Britt Goldmann – Autorin
Herstellung und Verlag: BoD – Books on Demand,
Nor-derstedt
ISBN: 9783753443607

I know there's only, only one like you
There's no way, they could have made two
You're all I'm living for, your love I'll keep
Forevermore
You're the First, you're the last, my everything

Barry White

BRITT GOLDMANN

Lillie
&
Richie

Eine Liebesgeschichte

Heilig Abend

Montag, 24. Dezember 2018

Tag 1
Montag, 24. Dezember

Nein, sie hatte sich nicht verhört.

An der Haustür klingelte es ein zweites Mal. Sie erschrak. Wer, um alles in der Welt, konnte das an Heiligabend so spät noch sein? Doch nur Fremde, die vor dem falschen Haus standen?!

Lillie Berret konnte sich nicht erinnern, jemals im Pyjama Fenster oder Tür geöffnet zu haben. Dies wollte sie auch jetzt nicht tun und ging doch zum Fenster. Trotz der Dunkelheit erkannte Lillie sofort, dass nur eine Person vor der Haustür stand. Eine männliche Person, die nach oben blickte.

»Hallo – Wer ist da?«, fragte Lillie vorsichtig. Sie hatte das Fenster weit geöffnet und erschrak ein zweites Mal, weil sie zuerst nicht wirklich glauben konnte, wen sie da sah. Richie!

Sie hatte ihn gleich erkannt. Auch ohne das schwache Licht der Straßenlaterne sah sie leibhaftig Richie Reichenbach. Eindeutig.

Sie sah einen schönen Mann. Gut gekleidet wie eh und je, eben in seinem Stil.

Wie konnte das möglich sein? Was war der Grund? Warum – Weshalb? Was hatte das zu bedeuten? Noch zu diesem außergewöhnlichen Zeitpunkt? Sie verstand gerade die Welt nicht mehr.

»Hallo Lillie!«, sagte seine weiche, freundliche Stimme. Die Stimme, die sie seit vierzig Jahren kannte, und die in ihren Träumen nie aufhörte mit ihr zu sprechen.

»Richie, du!?«

»Ja ich bin es«, sagte er, »du musst entschuldigen, aber ich hätte da eine Bitte an dich.«

»Ähm … Jetzt? Jetzt zu diesem Zeitpunkt?... In diesem Augenblick«, antwortete Lillie höflich aber völlig irritiert.

Richie Reichenbach bemerkte natürlich, dass Lillie zwar ziemlich irritiert und überrascht war, was auch kein Wunder war, jedoch spürte er auch deutlich, dass sie sich freute ihn zu sehen.

»Warte! Ich komme kurz runter«, gab sie Richie Bescheid.

Ihr, wie auch ihm, gingen nun in Sekundenschnelle tausend Dinge durch den Kopf. Lillie Berret bemerkte an sich, dass sie plötzlich Herzklopfen hatte, wie gefühlte hundert Jahre nicht mehr und es immer stärker wurde. Zurück im Wohnzimmer, schlüpfte sie flott in die Hausschuhe. Ein kurzer Blick auf die Wanduhr zeigte, dass es war bereits 21.40 Uhr war.

Richie war allein schon darüber glücklich, dass *sie* da war.

Und dass sie ihm jetzt gleich die Tür öffnen würde, das war es, was er sich erhofft hatte. Er wusste, es war zugleich der erste und der wichtigste Schritt. In diesem Moment begann hier und jetzt, für beide noch einmal ein neuer Lebensabschnitt. Da war er sich zu tausend Prozent sicher!

»Ist denn das zu fassen«? begrüßte Lillie, bei knappen zehn Grad minus vor der Tür, etwas zurückhaltend, aber herzlich den Mann, der einst ihre große Liebe war und ganz im Geheimen immer geblieben ist.

»Premiere«, sagte sie in einem lustigen Ton, »ich steh im tiefsten Winter bei klirrender Kälte im Pyjama vor meiner Haustür, na, das gab es auch noch nicht. Außerdem hast du großes Glück ... da ich erst seit etwa fünfzehn Minuten wieder zuhause bin«, ergänzte Lillie die Begrüßung.

Richie lächelte übers ganze Gesicht. Ähnlich wie ein Lichtstrahl aus einer Lampe, strahlte sein Blick Lillie geradezu an. Seine Augen konnten gar nicht mehr von ihr lassen. Wenn man ihm es auch nicht anmerkte, war er innerlich doch angespannt.

Die einzige Sorge, die er hatte, war, dass Lillie ihm gegenüber jetzt abweisend reagieren könnte. Aber das konnte er sich weiß Gott nicht vorstellen. Nein. Insgeheim wusste er ganz genau, dass auch Lillie immer auf so einen Moment gehofft hatte. Immer und immer wieder.

Wie hypnotisiert schauten seine stahlblauen Augen tief in ihre Augen. Schon immer mochte er ihr beim Reden zusehen, wie sie gestikulieren konnte, und dabei ihre Hände und Arme bewegte, alles das gefiel ihm. Besonders gerne schaute er ihr auf den Mund. Ihre ausgeprägten Lippen und die schönen Zähne mit der kleinen Lücke dazwischen, waren einzigartig sexy. Und ihre warme Stimme hatte für ihn sowieso etwas Melodisches.

»Lillie! ... Wenn ich dich sehe, sehe ich was ich versäumt habe«.

So begrüßte Richie seine Lillie.

Richie hatte sich vorher kaum Gedanken darüber gemacht, was er zu Lillie alles sagen wollte. Nun war es einfach das, was sein Herz in jenem Moment empfand, als sie vor ihm stand. In diesem Augenblick war es das Wichtigste, ihr zu sagen, was er im Herzen fühlte.

Was er immer noch für sie empfand, ja, das wollte er ihr sagen. Nichts anderes. Darum war er hierhergekommen.

Richie war aber auch hierhergekommen, um Lillie einen Gefallen zu bitten. Nun war nicht mehr klar, ob er wirklich darum bitten musste.

»Mir wird's gerade ziemlich warm ums Herz! Da kann es noch so eisig kalt sein«, ergänzte Richie sichtlich erfreut über ihre Begegnung.

Lillie strich sich leicht verlegen durch ihr dunkles Haar. Natürlich. Seine Worte trafen mitten in ihr Herz. Sie hatte allerdings alle Mühe nicht mit den Zähnen zu klappern, so kalt war ihr.

»Hör mal, ich würde dich ja gerne herein bitten, aber ...«, versuchte Lillie zu signalisieren, wie kalt ihr war.

»Aber ...? Was spricht dagegen? Ich würde annehmen«, antwortete

Richie locker und unverkrampft.

»Wie bitte? «, fragte Lillie zurück. Sie konnte nicht recht glauben, dass er dies so gemeint hatte, wie er es gesagt hatte.

»Richie, bitte keine schlechten Witze«, ergänzte sie ungläubig. Nun konnte sie sich die Situation noch viel weniger erklären.

Richie's Gesichtsausdruck wurde zusehends ernster, dann schaute er kurz zum Himmel auf. Er atmete tief durch.

»Soviel ich weiß, bist du allein. Und ich, ich bin es seit kurzem auch. Besser gesagt, seit acht Wochen. Ich hab es wirklich nicht mehr ausgehalten. Ich wollte dich wenigstens sehen und ein paar Worte mit dir reden. Diese Leere, dieses Alleinsein wurde für mich unerträglich. Und deshalb dachte ich ...«, behutsam erklärte Richie die Situation.

Alles Mögliche ging ihr konfus durch den Kopf, aber was Richie ihr eben sagte, damit hatte sie ganz sicher nicht gerechnet.

»Was!? Mein Gott! Ist das wahr? – Dann ..., dann lass uns rein gehen«, sagte sie leise wie versteinert, aber mitfühlend.

Freilich war es ihr nicht recht, so halb zerzaust im Pyjama da zu sitzen. Aber immerhin musste sie jetzt nicht mehr frieren. Im Wohnzimmer war es mollig warm. Zwar lief das Fernsehgerät, aber den Ton hatte Lillie kaum hörbar gestellt. Richie hatte noch nicht Platz genommen und Lillie stand nach kaum einer Minute vom Sofa wieder auf, um in die Küche zu gehen.

»Ich mache uns erst mal eine Tasse Pfefferminztee ... oder möchtest du lieber etwas anderes«, fragte Lillie sicherheitshalber.

»Es passieren doch immer wieder Dinge, die man nicht für möglich gehalten hat.« Lillie hatte kurz laut nachgedacht und mit sich selbst gesprochen – anschließend ging ihr Blick zu Richie. Sie spürte, dass er, genau wie sie von der Situation total überwältigt war. Viele Worte brauchte es in diesem Augenblick nicht.

Lillie war sich nicht sicher ob Richie ihre Frage gehört hatte, trotzdem ging sie in die Küche um Teewasser aufzusetzen.

»Du kannst dir nicht vorstellen, was mir das heute bedeutet«, sagte Richie und war Lillie in die Küche gefolgt, wo er nun ganz dicht hinter ihr stand. Er konnte ihre Haut riechen. Dieses Glücksgefühl ging ihm durch und durch. Er hielt seine Augen geschlossen. Wie gerne hätte er sie jetzt geküsst. Aber er wollte stark sein, sich zurückzuhalten, nie und nimmer einen falschen Eindruck erwecken. In seinem Leben war der Gedanke an Sex längst weit nach hinten gerückt. Dieses Gefühl, das er für Lillie empfand, war tiefe und echte Liebe, seit damals!

»Ich habe es nicht gewusst«, sagte Lillie und schaute ihn mitfühlend an. Es war so wie Richie es vermutet hatte.

»Ich wusste es nicht«, wiederholte Lillie,

»Das bedeutet: Wir beide haben in kürzester Zeit den Partner verloren.« Lillie schaute ungläubig und starr zur Zimmerdecke. Sie musste sich jetzt zusammenreißen, weil sie kurz davor war in Tränen auszubrechen. Sie blickte zu ihm. Sein Gesichtsausdruck signalisierte ihr, nicht zu weinen. Aber auch er musste auf die Zähne beißen, um nicht selbst die Fassung zu verlieren. Ein weiteres Mal kam ihr die Situation fast unwirklich vor.

Und doch spürte sie im nächsten Moment, über alle Schmerzen hinweg – Richie hatte alles richtig gemacht. Er kam heute zu ihr.

Jetzt hatte sie verstanden. Im wahrsten Sinne des Wortes. Todernst war sein Besuch. Also war es richtig und wichtig, gemeinsam diesen Abend zu verbringen. Ja, jetzt hatte sie verstanden.

Lillie hatte gerade die zwei Tassen Pfefferminztee aufgebrüht, die Herdplatte abgeschaltet und vorsichtig den heißen Wassertopf zur Seite gestellt, da nahm Richie behutsam ihre Hand in seine.

»Lillie ... wenn du es willst, gehört uns die Zukunft! Mit dir! Und nur mit dir, kann ich mir alles vorstellen. In der Vergangenheit... habe ich so oft an unsere Träume gedacht. Nach dem Tag der Beisetzung, wusste ich nur eines: Ich will! Nein! Ich muss zu dir!« Er wollte unbedingt, dass Lillie dies wusste. Alles andere hatte Zeit. Nun bekam er doch feuchte Augen.

»Ich bin froh, dass du da bist«, sagte Lillie. Sie und Richie saßen sich am Küchentisch gegenüber. Unwillkürlich spürten beide eine gewisse angenehme Vertrautheit.

Lillie Berret nahm an, dass die weitere Unterhaltung weder leicht noch alltäglich für Richie war. Für sie war die Situation nicht nur völlig überraschend und außergewöhnlich, sondern viel mehr bald schon filmreif. Jedenfalls wollte sie nun keine ernste Atmosphäre mehr.

Das erste Mal seit Jahren saßen sie sich gegenüber. Er und sie. Und es gab keinen Grund mehr, es heimlich zu tun. Ihr Herzgefühl brachte sie nun tatsächlich dazu, entspannt zu lächeln.

Zudem, war es doch gerade diese schlimme Traurigkeit, die endlich ein Ende haben musste, und zwar noch bevor diese es schaffte, zwei Seelen zu zerstören.

Lillie schaltete das Fernsehgerät aus und das Radio an. Musik war von jeher beider Welt gewesen. Musik brachte immer Entspannung, egal zu welcher Uhrzeit.

»Wenn es dir nichts ausmacht, erzähle mir doch über dein Leben und wie du jetzt lebst«, sagte Richie. Er hatte es sich auf dem Stuhl etwas bequemer gemacht, das rechte Bein an den Knöcheln übers linke gelegt.

»Uns gehört die Zukunft«, klang ihr noch in den Ohren. Nun wurde es immer leichter für sie über die Vergangenheit, aber viel mehr auch über die Gegenwart zu reden.

»Ab und an denke ich über mich: Lillie Berret, manchmal bist du ein ziemlich langweiliges Mädchen geworden. Aber immer nur ganz kurz, denn trotz allem bin ich mir, ohne Wenn und Aber, immer selbst treu geblieben. Ich bin einfach die geblieben, die ich immer war. Natürlich bin ich reifer und meine Haare ein klein bisschen grauer geworden, aber viel mehr hat sich nicht geändert. Im Innern bin ich die, die ich immer war ... Und verrückte Träume beschäftigen mich immer noch. Es ist verrückt, aber erst vergangene Nacht ist mir im Traum Keith Richards begegnet. Keith Richards kam plötzlich zu Tür herein, lachte und sagte zu mir: Liebes Mädchen, es wäre mal an der Zeit, dass du mal einen eigenen Song singst, du kannst das nämlich ganz wunderbar! – Dann war Keith auch schon wieder weg«, so ihr kurzes Statement über sich selbst.

»Nun, alles Wichtige, was mein Leben ausmacht, kennst du. Du hast meine Eltern gekannt, meine Töchter kennst du, meinen Lieblingsplatz am See, auch alle meine Lieder, sogar Robert, meinen Mann, hast du ziemlich gut gekannt. Er war ja dein Schulkamerad. Was du wirklich nicht kennst, sind meine Gedanken, meinen Rosengarten, und meine Gedichte.«

»Du schreibst Gedichte?«, fragte Richie interessiert zurück.

»Ja. Gedichte. Hunderte Gedichte hab ich niedergeschrieben. Über das, was mich umtreibt. Ich schreibe über das, was ist, oder nicht ist, oder was sein könnte. Und manchmal schreibe ich auch ein Liebeslied.«

Richie spürte mit welcher Ernsthaftigkeit sie ihm das erzählte.

»Manchmal spielt die Zeit eigenartige Streiche mit uns und verändert die Gegenwart zu etwas, das man so – nein, nie im Leben nicht!... vorher gesehen hätte. Richie, ich habe vor für einige Zeit hier wegzugehen. Momentan hält mich hier wenig. Meine Töchter machen längst ihr eigenes Ding und brauchen mich nicht mehr jeden Tag. Und das ist ja auch gut so. Jeder muss irgendwann sein eigenes Ding machen. Das war schon immer so. Und irgendwann stellt man fest: *Der Wind wird uns ver-*

wehn, so wie ein Blatt im Herbst. Die Zeit ver-
rinnt, das ist es, was mich wirklich schmerzt.

Meine Zeit, die mir verbleibt, will ich nutzen, um zufrieden und glücklich zu sein. Es muss, weiß Gott, nicht jede Stunde sein, aber ich möchte jeden Tag etwas zu lachen haben. Das muss doch zu machen sein verdammt! Ich bin diesen September vierundfünfzig geworden und ... »Ich weiß«, unterbrach Richie sie kurzum ... »Am elften September.« Sie nickte lächelnd und zitierte ebenso seinen Geburtstag: »Und du bist am vierten Juni achtundfünfzig geworden.«

»Tja, und immer hat man daran gedacht. Immer. In jedem Jahr, an jedem Geburtstag«, ergänzte Richie.

»Ja, immer. Weißt du: Wir wissen alle nicht, welchen Verlauf das Leben nimmt, deshalb sollten wir unsere Träume nicht zu lange aufschieben. Und genau deshalb, habe ich vor zwei Tagen die günstige Gelegenheit beim Schopfe gepackt und mir zwar kein neues, aber ein sehr feines Wohnmobil gekauft. Eigentlich liebäugelte ich mit einem VW Bulli, aber ich musste mich freilich nach meinem Geldbeutel richten. Man glaubt es kaum, aber dieses kleine Wohnmobil beinhaltet alles, was man zum vagabundieren braucht. Ja, ich sehne mich nach einer Veränderung. Mein Haus werde ich eventuell vorübergehend an eine Bekannte vermieten.«

Nun war mit einem Mal alles Wichtige gesagt. Lillie hatte Richie kurzum klar und deutlich dargestellt, wie sie ihre Zukunft sah.
Er hatte ihr aufmerksam zugehört, Wort für Wort machte so viel Sinn.

Lillies kleines Landhaus war das letzte der Straße und am Ortsrand gelegen. Die kräftige rote Holzfassade erinnerte an ein schwedisches Ferienhaus. Drinnen im Haus hatte Lillie geschmackvoll ein schönes gemütliches Zuhause geschaffen. In ihrem kleinen Garten standen ein Kirsch-, ein Quitten- und ein Zwetschgenbaum, sowie ein purpurfarbener Fliederstrauch. Ein Schrebergarten, mit gemütlicher Gartenlaube in nur etwa fünf Minuten Entfernung, war ihr ein zusätzliches Paradies. Schon vor Jahren hatte sie dort eigenhändig hundert Edel-Duftrosen angepflanzt und einen herrlichen Rosengarten entstehen lassen. Erst seit letztem Jahr beherbergte sie sieben Hühner. Stundenlang konnte Lillie ihre Eigenarten studieren und ihre Galanterie und Fürsorge bewundern. Ebenso schätzte sie die ständige Verfügbarkeit frischer Eier. Eine meditative

Wirkung habe die Beschäftigung mit ihnen, findet sie.

Der morgendliche Gang mit dem Korb zum Eierholen, oder das abendliche Absperren des Stalles, sind beruhigende Alltagsrituale für Lillie. Sie wollte wirklich nicht jammern, es ging ihr nicht schlecht. Und doch sehnte sie insgeheim eine Veränderung herbei.

»Ich verstehe ... du meinst unseren Traum, es war immer unser beider Traum ... dein Traum und mein Traum! Irgendwann mit einem Wohnmobil nach Ibiza, am Café del Mar Abend für Abend am Strand zusammen sein, jeden Sonnenuntergang zu zweit bewundern. Lillie! Ich bin es! Ich bin deine Veränderung.« Richie sprach aus, was Lillie im selben Moment dachte.

Jetzt passierte es doch. Lillie hatte Tränen in den Augen. Wenn sie es auch nicht wollte, sie konnte sich nicht dagegen wehren. Und auch nicht dagegen, dass Richie sie nun einfühlsam in seine Arme nahm.

»Es wird Zeit«, hauchte er ihr ins Ohr. Sie drückten sich so fest es ging aneinander. Mit geschlossenen Augen hatten sie in diesem Moment ihre gemeinsame Zukunft beschlossen. Das war so sicher wie das Amen in der

Kirche. So sicher, wie, dass es eine Sonne und einen Mond gab.

Im Hintergrund spielte das Radio Weihnachtslieder in allen Variationen.

»So, this is christmas ... and what have you done? ... another year over ... and a new one just begun ...« Lillie ging zum Radio und stellte es augenblicklich lauter. Eines der schönsten Weihnachtslieder überhaupt, versetzte die Stimmung in eine friedliche, heile Welt.

Dann schwiegen beide, drückten sich aneinander, schlossen die Augen und gaben sich dem Gefühl hin, für das es keinen Namen gibt. Sie fingen an sich stimmig sanft mit der Melodie sich zu bewegen. Sie fühlte, wie er sie küsste, und empfand diesen Kuss wie einen Ruf zu einem neuen Leben. »Wahrhaftig«, sagte Lillie:

»Weihnachten ist, wenn die besten Geschenke am Tisch sitzen und nicht unterm Baum liegen.«

Dass gleich der erste gemeinsame Abend nach so vielen vergangenen Jahren und unvorhersehbar extremen Lebensänderungen so verlief, wie er verlief, war kaum zu erahnen. In diesem Moment war er über seinen Mut, diesen Schritt gewagt zu haben, überglücklich. Jedenfalls beginnen alle Veränderungen mit dem ersten kleinen Schritt in die richtige Richtung. Das war stets eine seiner Einstellungen zum Leben. Ganz vorsichtig wie ein Teenager beim ersten Mal, als wäre es etwas Zerbrechliches, küsste er seine Lillie nach einer Ewigkeit auf den Mund.

Es war ein endlos langer, nicht enden wollender Kuss, der beide in eine andere Sphäre schweben ließ. Wieder zog er ihren Kopf zu sich her und küsste sie mit der Leidenschaft, von der er in den vergangenen Zeiten träumte.

»Es ist fast unheimlich, wie schön du noch immer bist«, hauchte er erregt.

»Sie erwachen wieder. Ich kann wieder durch Liebesaugen sehen«, sagte sie zart.

»*Weil es in erster Linie einzig darum geht – ganz gleich ob es blitzt oder stürmt. Wer in den Wolkenhimmel blickt, mit zarten Flügelzittern liebt und durch feuchte Liebesaugen sieht, ist immer der gewinnt*«, zitierte sie eines ihrer Liebesgedichte.

»Von wem ist das? «, fragte er flüsternd.

»*Liebesaugen*? – Ich muss es geschrieben haben, als ich mal wieder mit offenen Augen träumte und Sehnsucht hatte, Sehnsucht hatte … vielleicht nach dir.«

Richie nahm sein Handy in die Hand, leise begann *Love Hurts* von Nazareth.

Tag 2
Dienstag, 25. Dezember

Als Lillie aufwachte, war sechs Sekunden lang alles ganz normal. Dann dachte sie an die vergangene Nacht und sie wusste, es war diese eine Nacht gewesen, die fortan ihr weiteres Leben verändern würde. Aber nicht nur ihr Leben.

Die bordeauxfarbenen Übergardinen waren zugezogen. Das sanfte Sonnenlicht drang gedämpft ins Zimmer und breitete einen matten rötlichen Schimmer über beide nackten Körper. Schöner konnte ein Morgen nicht beginnen.

»Guten Morgen«, flüsterte Lillie, an seiner Seite. Haut an Haut. Aber es kam keine Reaktion.

Sie hatte schon eine ganze Zeitlang wach gelegen und ihn still schweigend minutenlang nur angeschaut. Immer nur angeschaut und dabei sich zig Mal gewundert, wie seltsam das Leben sein kann.

»Als erstes werden wir es den Kindern sagen.«

Verdutzt schaute sie ihn an, sie hatte angenommen, dass er noch schlief.

»Hey ... du bist ja wach«, lächelte Lillie ihn an.

»Ich hab dich viel länger angeschaut, als du mich«, flüsterte er.

»Schmeichler du«, antwortete sie ihm. Dann küssten sie sich.

»*Wie viele Male, Liebste, liebte ich dich blinden Auges, und blind war meine Erinnerung, ohne deinen Blick zu erkennen, ohne dich anzusehen.*« zitierte Richie völlig überraschend ein Gedicht.

»Pablo Neruda ... Pablo Neruda aus: Hungrig bin ich, will deinen Mund. Er war einer der bedeutendsten Lyriker überhaupt und ist es scheinbar immer noch. Unglaublich, du kennst so etwas unfassbar Schönes? «, fragte ihn Lillie angenehm verblüfft.

»Wenn ich selber auch keine Gedichte schreiben kann so wie du, mag ich ebenso den Zauber der Poesie«, gab er ihr leise zu verstehen.

Die Zuneigung, die beide füreinander empfanden, brauchte in diesem
Augenblick keine weiteren Worte. Ohne Zurückhaltung ging es wortlos erneut in ein Liebesspiel über.

»Kaffee mit Milch und Zucker, oder doch lieber schwarz? «, fragte Richie gut zwei Stunden später seine Lillie.

»Hey! Kaffee kochen kannst du auch?«, fragte Lillie scherzhaft.

»Alles. Alles kann ich für dich. Für dich versetze ich alle Berge der Erde, wenn es sein muss«, antwortete er ihr verschmitzt.

Beide konnten sich nicht erinnern, jemals einen Morgen so begonnen zu haben wie diesen. Wie schön das Leben sein konnte!

Nachdem beide, erst Lillie, sich im Bad kurz frisch gemacht hatten, saßen sie sich am Küchentisch gegenüber und schauten sich unentwegt in ihre Gesichter. Permanent. Es knisterte.

Ihre Liebe ging weit über das Körperliche hinaus. Über Nacht wieder tiefgründig zu lieben – es hörte sich jetzt beinahe banal an, wenn man bedachte, dass derlei Dinge während der letzten Jahre mehr und mehr verloren Gegangen waren. So war ihre erneute Liebe, fast wie ein neues Leben und für beide, voll überwältigender Sinnlichkeit.

»Man braucht nur eine Insel allein im weiten Meer. Man braucht nur einen Menschen, den aber braucht man sehr.« Lillie zitierte wieder

ein Gedicht. Diesmal ein wunderschönes Gedicht von Mascha Kaleko.

»Boah!« Diese Zeilen hatten eine Wirkung auf ihn wie ein Blitzeinschlag.

»So wenig Worte, die so ins Herz treffen. Was für eine Kunst, was für eine Aussage. Grandios! – Hast du eigentlich ein Lieblingsgedicht? Eines das dich wirklich tief bewegt?«, wollte er wissen.

»Oh ja. Eigentlich gibt es da mehrere, aber *„Stufen" von Hesse,* ist mitunter das höchste. Hermann Hesse ist mein Mentor ... *Und jedem Anfang wohnt ein Zauber inne, der uns beschützt und der uns hilft, zu leben.«* Beide schauten sich ergriffen an und nickten sich zu.

Sie genossen ihre innige Zweisamkeit.
Besser konnte man den ersten Weihnachtsfeiertag nicht verbringen. Keine Termine, keine Besuche, noch irgendwelche Erledigungen standen an. Erst morgen wieder. Sie hatten weitere vierundzwanzig Stunden Zeit. Zeit, nur für sich.

Nun war es möglich über tausend Dinge zu reden, die Vergangenheit beider, aufzuarbeiten. Man musste sich gegenseitig gewiss nicht alles sagen, und schon gar nichts vormachen. Es war einfach ganz selbstverständlich, all die vergangenen Jahre so darzustellen, wie sie es waren. Für sie – wie für ihn. Ohnehin war das sensibelste Thema für beide, der plötzliche Tod der Ehepartner.

Richie sprach mit schmerzverzehrtem Gesicht darüber, wie seine Frau Christine jahrelang mit schweren Depressionen zu kämpfen hatte. Kaum jemand wusste davon, weil man dies nicht wollte. Als es immer schlimmer wurde, und sie irgendwann selbst ihr Leid nicht mehr ertragen konnte, und deswegen ihrem Leben, unangekündigt, von heute auf morgen mit Schlaftabletten ein Ende setzte. Sie waren ein gut funktionierendes Paar gewesen, ohne Zweifel. Ihr gemeinsamer Ehrgeiz war wohl ihre größte Übereinstimmung. Gewisse äußerliche Güter, sowie ein gutes Einkommen, waren für Christine unverzichtbar.

»Niemand, der die Krankheit nicht kennt, kann nachfühlen, was diese anrichtet, schleichend das Leben schwer und schwerer macht«, schilderte Richie betroffen seine Erfahrung.

Es fühlte sich nicht gut an, über dieses Thema und über den Tod zu reden. Und doch gehörte dieses Thema zu jeder Biografie.

Lillie schilderte den tödlichen Verkehrsunfall, bei dem sie ihren Mann Robert Berret vor vier Monaten, von einer Sekunde auf die nächste, unverschuldet, verloren hatte. Richie wusste davon, auch, weil dieser schreckliche Verkehrsunfall mehrfach durch die Presse ging.

Sie erzählte ihm von den Tagen danach. Das ganze Chaos danach. Wie schutzlos man dem Leben manchmal ausgesetzt ist, und die ganze Welt einem dann wie eine leere Baustelle vorkommt. Und dass es noch immer wehtat. Nun waren beide erschöpft. Die Vergangenheit war Geschichte und für den Moment genug.

Draußen war es milder geworden. Mittlerweile hatte es etwa fünf Grad Plus. Lillie vermisste ihren täglichen Spaziergang um den See.

Es genügte Richie vorzuschlagen, ein wenig nach draußen in die Natur zu gehen. Kopf und Glieder vom frischen Wind durchpusten zu lassen.

Die Natur war ihr Lebenselixier. Hier konnte sie stets neue Kraft und Energie tanken.

Mit dem Auto waren es kaum zehn Minuten bis zum See. Freilich fuhr Lillie selbst zum Klostersee, wie sie mit ihrem alten silberfarbenen Ford Focus gewohnt war. Nächstes Jahr hatte ihr Focus zwanzig Jahre auf dem Buckel. Bis auf ein paar unvermeidbare Kratzer, sah man ihrem gepflegten Auto das Alter in keinster Weise an. Der Gedanke, sich ein moderneres Fahrzeug, anzuschaffen, lag ihr fern. Der Focus hatte stets zuverlässig gute Dienste geleistet, und hatte sie noch nicht einmal im Stich gelassen. Und eine Vielfahrerin war Lillie ohnehin nicht. Und wenn sie an die völlig übertriebene technische Ausstattung der neuen Autos dachte, war sie allein davon schon genervt. Also gab es keinen Grund, das Auto in ein anderes auszutauschen. Mit übertriebenem, materiellem Getue konnte sie einfach nichts anfangen. Dieses immer mehr, immer schneller, immer größer heutzutage, ging ihr gewaltig gegen den Strich.

Das war ihre Sache nicht.

Richie fand es sehr entspannend, nicht selbst am Steuer sitzen zu müssen. So hatte er schon die Möglichkeit, sie ständig betrachten zu können.

Es war bereits die zweite Runde, die sie um den See gingen. Sie waren erst einem einzigen Pärchen begegnet. Diese Stille hier hatte etwas Paradiesisches. Auf der nächsten alten Holzbank nahmen sie Platz. Sie saßen so eng es ging zusammen, hielten sich an der Hand und sahen zum Himmel. In diesem Moment lebten sie einzig von Luft und Liebe. Ganz fest hielten sich ihre Hände. Sie lehnte wortlos ihren Kopf auf seine Schulter. Jede Minute war so kostbar.

Langsam wurde es wieder kälter. Das Handydisplay zeigte sechzehn Uhr zwölf. Mitten am Tag fing es wieder an, Abend zu werden.

Er war seinem Stil treu geblieben, genau wie Lillie. Im dunkelblauen Dufflecoat und der Levis Jeans machte er eine gute Figur. Wenn dann, waren es höchstens fünf Kilo, die er an Gewicht zugelegt hatte. Diese wiederum passten ganz wunderbar zu dem heutigen reifen Mann. Und sein immer noch volles, dunkelblondes Haar war nur wenig graumeliert.

»Was hältst du davon, wenn ich uns leckere Spagetti mit feiner Tomatensoße koche?«, fragte sie und fühlte sich dabei so freudvoll wie lange nicht mehr.

»Beste Idee! Bin dabei!«, antwortet er ebenso glückselig gelaunt.

Während der Heimfahrt lief im Radio, wie so oft ein alter Hit aus den 70ern. Dieses Mal war es ein Song, der damals in vielen Länder die Charts stürmte: »*Save me ...take me away to the moonlight ...the people around me don't feel right ...*«. Jedes Wort sangen sie lauthals und textsicher mit.

Es brauchte wirklich nichts Umständliches, das einfache Abendessen war Lillie bestens gelungen und bei Kerzenlicht schmeckte ein Essen zu zweit, ohnehin doppelt so gut.

»Warum lächelst du?«, fragte Richie.

»Irgendwie ist es beispiellos und fabelhaft.«

»Was?«

»Nach so vielen Jahren ... Wenn man plötzlich einen Geschmack aus seiner Jugendzeit wieder entdeckt«, antwortete sie ihm.

»Und sich nichts verändert hat?«

»Und sich nichts verändert hat«, bestätigte sie ihm.

Sie dachte daran, dass ihre Situation einem Wunder gleicht. Wie alles. Wie die ganze Welt. Wie das ganze Leben. Wie die Tiefe der Ozeane. Geheimnisvoll. Faszinierend – wie ein sternenvoller Nachthimmel. Ihre grünblauen Augen schauten in sein markantes Gesicht.

»Alles, was ich möchte bist du«, hauchte er und küsste zuerst ihre Hand, dann ihre Wange. Sie wollte dasselbe wie er. Eindeutig. Beide versanken erneut in ihrem Empfinden füreinander. Lange, sehr lange war es her, so zu fühlen.

Ein kleines Schlafzimmer wurde zu einem Ort, größer als die ganze Welt. Die Leidenschaft schien ohne Grenzen. Jetzt sah sie das tätowierte Herz auf seiner oberen rechten Brustseite, exakt dasselbe, das auch sie an dieser Stelle trug. Ein kleines Herztatoo, das sie sich damals selber unter Schmerzen, als Zeichen ihrer ewigen Liebe gestochen hatten. Wie oft hatte sie es im Spiegel betrachtet. Nicht eine Sekunde hatte sie es bereut, dieses Zeichen unter der Haut zu tragen.

»Seit Jahren gab es hüftabwärts keinerlei intime Momente mehr ... nichts«, flüsterte sie ihm erregt ins Ohr. Es klang fast wie ein Skandal.

»Nichts ...«, wiederholte sie.

Er drückte sie noch fester an sich. Was er eben gehört hatte, ging direkt vom Verstand ins Herz. Niemals hätte er so etwas für möglich gehalten. Aber genau so war es. Eine unerhörte Beichte, die eine weitere Gemeinsamkeit darstellte.

»Jahre ohne intime Momente ... annähernd nichts ...«, er benutzte dasselbe Wort, weil es dieselbe Wahrheit war.

Im Liebesrausch hauchte sie, leise, atemlos:

»Oh, Richie ... Richie ... Ich verliere mich.«

Ihr, die seit Jahren keinen Orgasmus mehr gehabt hatte, kam es jetzt, bei diesem Wesen, halb Mann, halb irgendetwas. In ihren Gedanken wirbelte wildes Zeug. Lillie verspürte innige Gefühle, alte Gefühle, Gefühle aus Poesie und Musik. Sie wie er, hatten alles andere um sich herum, vollkommen vergessen.

Tag 3
Mittwoch, 26. Dezember

Lillie saß mit einem dicken Buch in der Hand in ihrem wuchtigen, bunten Lesesessel. Seit knapp einer Stunde hatte sie darin gelesen. Gedichte, wie meistens. Gedichte von Goethe, Hölderlin, Rilke, Kaleko, Szymborska, Neruda, Tucholsky, Brecht und Hesse sowieso.

Es waren immer schon Gedichte, die sie gerne las. *»Gedichte kommen von innen. Gedichte können nicht lügen«,* so Lillies Ansichten über Gedichte.

»Meine Leidenschaft. Ich sehe dich und spüre meine Leidenschaft ... immer schon ... du bist und bleibst meine Leidenschaft bis an das Ende meiner Tage.«

Er meinte es genau so, so leidenschaftlich, wie er es sagte. Als würde Shakespeare höchst persönlich diese Worte verkünden, hörte Lillie Richie im Hintergrund sprechen.

»Was für ein Glück! – Um von der tiefen Leidenschaft einer Liebe ergriffen zu werden, muss man selbst Spielball dieser Leidenschaft sein...«, ergänzte Richie glückselig, bevor er langsam in ihre Richtung ging.

Lillie drehte ihren Kopf leicht nach rechts. Seit wann Richie angelehnt am Türrahmen stand, wusste sie nicht.

Zwar zeigte die Uhr an der Wand erst acht Uhr vierundvierzig an, jedoch war der Nachmittag fest verplant. Am heutigen zweiten Weihnachtsfeiertag, standen bei beiden Familienbesuche bei den Kindern an.

»Guten Morgen, du Mann von Welt. Na, was ist ... hat's dir die Sprache verschlagen?«, fragte Lillie kokett.

»Ach, am liebsten würde ich heute genau wie gestern, jede Minute und jede Sekunde der nächsten vierundzwanzig Stunden, nur mit dir verbringen wollen«. Richie küsste sie sanft ein zweites Mal auf die Stirn.

»Ah, dir geht es also genau wie mir. Anderseits ist heute die ideale Gelegenheit, unsere Kinder mal so richtig zum Staunen zu bringen«, antwortete Lillie amüsiert.

»Optimal! Würde ich sogar behaupten. Aber das schönste daran wird sein, ihnen gar nicht so viel erklären zu müssen ..., und ihre Augen möchte ich sehen. Es wird wie Musik klingen: *Wir sind wieder ein Paar*«, ergänzte Richie in einem heiteren Ton.

An diesem Feiertag benötigte es kein großes Frühstück. Ein Tasse Kaffee reichte aus, denn ein übiges Essen, samt ausreichend Kalorien, gab es heute Nachmittag beim Familienbesuch noch zu Genüge.

»Richie, ich möchte dir noch etwas Wichtiges sagen ... ich bin dir sehr dankbar! Dankbar, dass du an Heiligabend hierhergekommen bist.«

Nicht nur Dankbarkeit, auch eine gewisse Demut hörte man ihrer Stimme an.

Richie machte kurz den Eindruck gar nicht gehört zu haben, was Lillie eben zu ihm sagte. Aber das täuschte. Er hielt sein Handy in der Hand und bediente die Tasten.

»Tanz mit mir ... Bevor ich gehe ... Tanz mit mir, genau so, wie damals im kleinen Nebenzimmer bei euch ...", bat er seine Lillie.

Natürlich wusste Lillie sofort, was er meinte. Das Nebenzimmer der *„Gaststätte zur Linde"* ihrer Eltern. Dort spielte die meiste Zeit die Geschichte ihrer Liebe. Dort begann sie, und dort endete sie wieder.

Das Nebenzimmer war damals im Ort der Treffpunkt der Jugend schlechthin. Hier spielte die Musikbox die neusten Hits von Abba bis Zappa. Der Flipper und ein Tischkicker standen niemals nur eine Sekunde still. Unzählige – unglaubliche – unwiederbringliche fröhliche

Stunden und Abende spielten sich für die damalige Jugend, in diesem kaum fünfzig Quadratmeter kleinen Raum ab. Wenn man nur an die heimlichen und zahlreichen unvergesslichen Flirts zurückdenkt. An die vielen Verehrer. Manchmal zu viele, umschwärmten damals ständig das hübsche Wirtstöchterchen der Eheleute Abele.

In der Tat, das Leben als Wirtstochter passte zu niemanden besser als zu Lillie, denn schon als kleines Mädchen war Lillie ein richtiger kleiner Wildfang. Sie trug einen Kurzhaarschnitt und am liebsten hatte sie Hosen an. Rüschenblusen fand sie wirklich entsetzlich. Oft genug kam es vor, dass man die kleine Lillie für einen Lausbuben hielt. Sie sprang über die Bäche, ohne nur einen Moment lang daran zu denken, dass sie in das trübe Wasser fallen könnte. Dank ihrer blühenden Fantasie, fielen Lillie ständig immer irgendwelche lustige Streiche ein. Und heute konnte sie ihren Enkelkindern reichlich und genussvoll von dieser schönen Zeit erzählen. Besonders ihre erstgeborene Enkeltochter Soraya hörte gerne die Geschichten aus der abenteuerlichen Kindheit ihrer Großmutter.

Später hatte Lillies Vater zwar stets ein wachsames Auge auf seine Tochter, doch das lebhafte Vergnügen im Nebenzimmer war nicht zu verhindern, auch keine einzige Liebelei. Aber für Lillie waren es ohnehin meist nur oberflächliche Flirts, denn früh verliebte sie sich in Richie.

Seine Art hob sich von allen anderen ab. Dafür gab es mehrere Gründe. Zunächst einmal kam er aus einem guten Elternhaus, hier aus Wildbad. Seine Eltern waren gebürtig aus Calw. Jedoch erbte Richies Vater Arthur, noch ledig, von seinem kinderlosen Onkel Karl Reichenbach, in der Rathausgasse in Wildbad, ein großes historisches Fachwerkhaus. Hier verbrachten Richie und seine drei Jahre jüngere Schwester Rita, eine glückliche und wohlbehütete Kindheit. Im Untergeschoss führten Mutter und Tochter zusammen einen stilvollen Blumenladen. Seit dem Tod der Mutter betrieb die ledig gebliebene Rita den Blumenladen allein. Vater Arthur bewohnt seit eh und je im ersten Stockwerk seine Vierzimmer-Wohnung, wenn auch allein. Oben im zweiten Stockwerk befindet sich Ritas Wohnung.

Richie jedenfalls war umtriebig, klug und strebsam. Mit achtzehn war er in vielerlei Dingen reifer, als alle anderen. Er hatte früh ganz klare Ziele vor Augen und war eifrig bestrebt, diese auch zu erreichen.

Aber ein ganz wichtiger Punkt war für Lillie damals ihre Gemeinsamkeit, genauso musikverrückt zu sein, wie sie selbst.

Richie war für Lillie mit Abstand ein ganz besonderes Einzelexemplar und viel mehr als nur gutaussehend. Seine gepflegten, dunkelblonden Haare trug er viele Jahre schulterlang. Am liebsten trug er Levis Jeans und ein Shirt, dazu meistens eine verwaschene Levis Jeansjacke. Er spielte Gitarre und war bereits Mitglied einer Band, die sich „The Butterflies" nannte. Und weil Richie so war, wie er war, hatte er auch reichlich Auswahl an Mädchen, die für ihn schwärmten, jedoch die einzige, für die er sich wirklich interessierte, war seine Lillie.

Früh hatte Lillie einen bestimmten großen Traum: Seit sie zwölf war, hatte sie den Wunsch, später einmal Sängerin zu werden. Als Beweis dafür, zeugte ein Eintrag in ihrem Tagebuch vom 10. Mai 1978, den sie in der Vergangenheit bestimmt bald tausend Mal gelesen hatte:

»Ich möchte einmal eine großartige Sängerin werden und auf großen Bühnen für Menschen, überall auf der Welt, meine Lieder singen. Ja, ich will so wunderbar singen wie Daliah Lavi, oder

Etta James, oder Aretha Franklin, oder Nina Simone und das Publikum so faszinieren können wie Janis Joplin oder Edith Piaf ... EIN TRAUM! Ja, so möchte ich eines Tages singen und Menschen erreichen und ihre Herzen berühren, so wie ich es in meinem Songtext: <Musik ist meine Liebe> in dieser Woche aufgeschrieben habe. Ich will Musik machen! Musik und nichts anderes! Und hier mein wunderschöner Text:

Musik ist meine Liebe *(Text von Lillie Abele)*

Ich war noch fast ein Kind, da schrieb ich diese Zeilen.
Später will ich einmal musizieren, tausend schöne Melodien spielen, meine eignen Lieder singen, singen über Herzen die lieben, übers Glücklich oder Traurigsein, will allen die Wahrheit sagen, nichts verschweigen. Ich will singen von Gefühlen und von meinen Träumen, von blauen Schmetterlingen auf Bäumen, und dann werde ich allen sagen, Kriege sollte es auf Erden nicht geben, ich will singen vom Leben hier unten und vom Himmel dort oben.

Musik ist meine Liebe, Meine Liebe ist Musik,
und als sie begann, wusste ich fortan, sie hält ein Leben lang
Musik ist meine Liebe, Meine Liebe ist Musik,

*Oh, als sie begann, wusste ich fortan, mit ihr bin
ich nie allein.*

Oh, die Musik macht jeden fröhlich
Verbindet dich und mich
Ihre Poesie ist einfach zauberhaft
Ihre Botschaft hat heilende Kraft
Nichts kann mir mehr geben
Die Musik ist mein Leben

Musik ist meine Liebe, Meine Liebe ist Musik...

Doch wie das Leben so spielt: Es kam alles
ganz anders.

∞

Das Handy spielte plötzlich eine Melodie an.
Richie hatte sein Handy an den silbernen Ker-
zenhalter auf dem Wohnzimmertisch angelehnt.

Er ging fünf Schritte auf Lillie zu und nahm
sie in seine Arme. Umgehend, exakt im selben
Moment als der Text einsetzte, begannen sie
zu tanzen ...»*We skipped the light fandango ...
Turned cartwheels`cross the floor ... I was feel-
ing kind a seasick ...*«.

42

Es war dieser eine unsterbliche Jahrhundertsong von Procol Harum. Eine Ballade, die gefühlvoller nicht sein konnte.

Dieses Lied war ganz tief in ihren Herzen verankert und sie empfanden in diesem Moment beide dasselbe. Weil mit diesem Song alles einmal begonnen hatte. Nach kaum drei Minuten war der Song bereits wieder verklungen, doch loslassen wollten sie sich nicht.

»Das war eben der schönste Augenblick an diesem Tag ..., nichts kann diesen Moment heute noch toppen«, flüsterte sie ihm ins Ohr, die Augen noch immer geschlossen.

»Ich werde Punkt achtzehn Uhr wieder hier sein – wenn es recht ist«, seufzte er und schaute währenddessen Lillie sehnsüchtig an. Freilich wollte er viel lieber bei ihr bleiben. Er musste sich jetzt wirklich zusammenreißen und sich auf den Weg machen, jetzt gleich, sonst kam er hier heute nicht mehr weg. Das wussten beide.

»Ich denke ... dass ich um achtzehn Uhr wieder bei dir bin ... nur, wenn es dir recht ist«, sagte Richie und zwinkerte Lillie zu.

»Oh, ich bestehe drauf!«, antwortete sie fast schon energisch.

»Ich liebe dich, aber das ist nicht alles ... Ich liebe dich sehr, Lillie!«

Er küsste sie zärtlich auf den Hals und atmete dabei lange tief ihren Duft ein.

Einen Moment dachte sie darüber nach, ihn nicht gehen zu lassen, dann begleitete Lillie ihn zur Haustür und sah ihm solange nach, bis sein silberner Mercedes außer Sichtweite war.

Tag 4
Donnerstag, 27. Dezember

In der Nacht hatte es kräftig geschneit und den Schwarzwald in eine weiße Märchenlandschaft verwandelt.
Wieder war es Lillie, die als erste aufwachte.
Lillie war einfach keine Langschläferin. Obwohl sie das letzte Mal um dreiundzwanzig Uhr neunundvierzig auf die Uhr geschaut hatte, war sie wie immer Schlag halb sieben aufgewacht.
Sie hatte bereits geduscht und sich die Haare gewaschen. Weder Richie, noch sie selbst musste im alten Jahr noch zur Arbeit.

Lillie hatte im vergangenen Sommer an der Schule eine Teilzeitstelle als Sozialarbeiterin angenommen. Sie betreute dreimal die Woche Schüler in den Pausen, in der Mensa und auch Schüler oder Schülerinnen, die sich etwas auffälliger verhielten. Diese Aufgabe war einfach die ihre, auch weil Lillie den Umgang mit Menschen von jeher gerne mochte.
Sie, als geborene Wirtstochter mit bald vierzig Jahren Gastronomieerfahrung, wusste wie Menschen ticken. Nirgendwo, als in der Gastronomie lernt man Menschen besser kennen.

Darum behauptete sie von sich, in all den Jahren, ganz einfach nebenbei Psychologie studiert zu haben. Jedenfalls bezeichnete Lillie ihre Aufgabe an der Schule als eine sehr sinnvolle Tätigkeit. Und doch beschäftigte sie insgeheim immer wieder eine andere, reizvolle Idee.

Nachdem vor einiger Zeit die Mitglieder des Vereinsausschusses der Gartenfreunde, Lillie das Vereinsheim günstig zur Miete angeboten hatten, dachte sie ernsthaft darüber nach, es an den Wochenenden zu bewirtschaften und das wenig genutzte Vereinsheim in ein Musikcafé zu verwandeln. Es sollte ein Treffpunkt für Musikfreunde sein, ob für jung oder alt. Eine kulturelle Mischung aus Bistro und Disco. Eben einen Treffpunkt, um mit Freunden gemeinsam frohe Stunden zu erleben.

Früher hatten solche Treffpunkte Hochkonjunktur und fast in jedem Ort gab es so einen. Weil diese aber seit vielen Jahren leider überall verschwunden waren, vermissten viele genau so etwas.

Jedenfalls hätte das Vereinsheim die optimale Lage und die perfekte Größenordnung dazu. Einzig was Lillie davon abhielt ihre Idee wirklich umzusetzen, war der hohe Preis hierfür ihre Freiheit aufgeben zu müssen. Dazu war sie momentan nicht bereit.

Richie hatte, wenn er es so wollte, noch fünf Jahre bis zu seiner Pensionierung. Mit dem Willen im Leben etwas erreichen zu wollen, vor allem aber mit viel Fleiß, hatte er es vom kleinen Kraftfahrzeuglehrling bis zum Entwicklungsingenieur gebracht.

Seit zweiundvierzig Jahren, vom allerersten Arbeitstag an bis heute, war er bei Daimler beschäftigt, und immer wieder in verschiedenen Niederlassungen tätig gewesen, auch im Ausland.

Und wenn die Zeiten für die deutschen Automobilhersteller derzeit auch schwieriger wurden, Richie ging stets motiviert zur Arbeit und schätzte seinen Chef sehr. Das bedeutete für ihn täglich eine Fahrstrecke von rund hundertzwanzig Kilometer – einmal nach Stuttgart und wieder zurück nach Wildbad.

∞

Am Vorabend waren beide fast zeitgleich gegen achtzehn Uhr, wieder bei Lillie eingetroffen.

Sogleich begannen sie eine Unterhaltung darüber, wie die Reaktionen der Kinder über ihre erneute Partnerschaft ausgefallen waren, und darüber, dass die Überraschung diesbezüglich mehr als gelungen war. Aber ganz besonders erfreulich waren die überaus positiven Erwiderungen von allen fünf Kindern samt ihrer Ehepartner, die ihnen für ihre gemeinsame Zukunft alles Glück der Erde wünschten.

Richies Söhne Mark, Moritz und Michael gratulierten ihrem Vater fast schon überschwänglich und teilten mit ihm seine große Freude. Auch deshalb, weil sie freilich wussten, wer Lillie Berret ist. Irgendwann einmal hatten sie es flüchtig mitbekommen, dass Lillie einst seine Jugendliebe gewesen war, und jetzt, nachdem er monatelang quasi durch die Hölle gegangen war, bekam sein Leben endlich eine neue, positive Wendung.

»Wenn jemand ein neues Liebesglück verdient hat, dann unser Vater«, so die Worte und beste Glückwünsche seiner Söhne zur neuen, wie alten Liebe.

Die Töchter von Lillie, Celine und Valerie, freuten sich nicht weniger über die neue Liebe ihrer Mutter, reagierten aber weniger überrascht, dafür mit einem leicht schelmischen Lächeln.

Ihnen war immer bewusst, welchen Stellenwert Richie Reichenbach im Leben ihrer Mutter hatte. Lillie machte auch nie ein Geheimnis daraus. Zudem erzählte Lillie schon mal gerne

Anekdoten aus ihrer Jugendzeit. Wie umschwärmt sie als hübsches Wirtstöchterchen damals war. Und davon, dass, wenn sie es gewollt hätte, an jedem Finger einen Freund hätte haben können. Doch nur einer wäre ernsthaft für sie in Frage gekommen, den einen, den auch Lillies Eltern gerne zum Schwiegersohn gehabt hätten; nämlich Richie Reichenbach.

Lillie besaß außerdem genügend diverse Fotos von damals, die man schon des Öfteren und bei vielen Gelegenheiten begutachtet hatte. Auch Bilder, die Richie und Lillie als ein verliebtes junges Paar in den 70gern zeigte.

Vier Jahrzehnte später waren sie erneut ein Paar. Wieder zusammen. Über Nacht. Über Nacht – das war die eigentliche Überraschung.

Alle fünf Kinder hatten bereits ihre eigenen Familien gegründet und waren zum Teil selbst schon Eltern. Natürlich wussten sie wie wichtig es war, im Leben einen Herzensmenschen an seiner Seite zu haben.

Richies Söhne beglückwünschten ihren Vater vor allem für dessen Mut, diesen Schritt getan zu haben. Die Söhne waren längst erwachsen und wussten mittlerweile selbst ganz genau: Wer liebt hat keine Wahl.

Lillie hatte ihre Töchter und Richies Söhne samt Familien gleich noch am kommenden

Sonntag um 15 Uhr zur nächsten Kaffeestunde eingeladen, auch um gemeinsam im alten Jahr noch mal gemütlich zusammenzusitzen.

Weihnachten war vorbei. Und durch die veränderte Situation waren die ausgesprochen schönen Weihnachtsfeiertage wie im Flug vergangen.

Darum war auch klar, weder Lillie, noch Richie würden diesen Heiligen Abend je vergessen. Es war der Tag, an dem ihr gemeinsames neues Leben begann.

∞

Der See war eingehüllt in weißen Schnee. Auf dem Wasser glitzerten Kristalle. Und während eines ausgiebigen Spaziergangs um den See und anschließend durch die Kleingartenanlage, waren ihnen auch Gartenfreunde, begegnet. Lillie nahm kurzum die Gelegenheit wahr, und erklärte ihren Vereinsfreunden wer Richie ist. Nach einem zweistündigen Fußmarsch ging es wieder nach Hause. Jetzt war es an der Zeit, sich wieder aufzuwärmen und auch für eine Tasse heißen Tee.

Während Lillie in der Küche die Spülmaschine ausgeräumt und das Teewasser aufgesetzt hatte, ging Richie, weil er scheinbar etwas vergessen hatte, noch einmal nach draußen zu seinem Auto.

Das Fernsehprogramm war ohnehin kein Thema. Also blieb das Gerät aus.

Vorrang hatte allein die Zweisamkeit.

Lillie und Richie machten es sich auf dem breiten, dunkelgrauen Sofa bequem und schenkten sich alle Aufmerksamkeit.

»Ich habe uns tausend Mal immer im Nebenzimmer gesehen«, fing Richie an zu erzählen.

»Wir zwei. Immer wieder im legendären Nebenzimmer. Ich weiß noch ganz genau wo und wie was stand, jeder Stuhl, jeder Tisch, die Musikbox, der Flipper, der Tischkicker, das Muster der Fliesen an der Wand und die Lampen an der Decke. Hach – wie gerne hätte ich diesen Raum noch einmal gesehen, selbst der Geruch von kaltem Zigarettenqualm hab ich noch in der Nase ... die meisten haben ja damals geraucht wie ein Schlote.«

Die Stimmung wurde sentimental.

Lillies Augen blickten traurig zur Seite, als hätte sie mit Tränen zu kämpfen.

»Ich kann am Haus nicht vorbei gehen. Noch am selben Tag ... an dem Tag, als ich ausgezogen bin, habe ich ein Gedicht über mein Elternhaus geschrieben.«

»Ich ahne Schmerzvolles. Lässt du es mich trotzdem lesen?«, fragte Richie vorsichtig.

»Ich habe einfach drauf losgeschrieben, wollte festhalten, was mir meine Gefühle in diesem Moment über mein Elternhaus zu sagen hatten ..., es sind Worte, die für alle Zeit gelten. Es ist ein wunder Punkt in meinem Leben. Seither habe ich ein Loch im Herzen. Und ich weiß, dieses Loch wird mir bleiben ..., es war das Lebenswerk meiner Eltern.«

Lillie`s Stimme wurde immer leiser. Auch nach fünf Jahren schmerzte sie dieses Thema noch immer, manchmal mehr denn je.

»Auch wenn es sehr emotional ist... darf ich es lesen? Bitte. Ich war doch auch ein kleines Stück davon«, ergänzte Richie.

»Gut. Warte einen Moment.«

Lillie ging ins Zimmer nebenan, das ihr Büro, ihre Bibliothek, ihr Schreib- und Lesezimmer in einem war. Sie nahm ein kleines Buch und einen dicken Ordner, und ging wieder zurück ins Wohnzimmer.

Sie gab Richie das Buch.

Er hielt es in seiner Hand und betrachtete zuerst aufmerksam den Einband. Zuerst die Vorder- dann die Rückseite. Das kleine zarte Aquarellgemälde mit bunten Herzen auf dem

Cover, das ebenso von Lillie stammte, wirkte herzlich und passend zum Titel:
„*Lebenslänglich Menschlich*" so der Titel. Der Band beinhaltete einhundert Gedichte, geschrieben von Lillie Berret.
Erst vor drei Monaten hatte sie es im Selbstverlag veröffentlicht und bereits zweitausend Stück davon verkauft.

Die Seite, auf der das Gedicht stand, hatte Lillie bereits aufgeschlagen. Richie begann zu lesen ...

Mein Elternhaus

Das ehrenhafte Haus in der Hölderlinstraße. Es war, nein – es ist mein Elternhaus. Eigentlich sollte ich froh und glücklich sein, es gut verkauft zu haben. Und doch hänge ich noch sehr daran.

In diesem Haus spürte ich bis zum letzten Tag, meiner Eltern Geist. Das Glück meiner Kindheit und Jugend. Unzählige Erinnerungen bleiben an die guten und die schlechten Zeiten. Aber die guten überwiegen bei weitem. Dafür bin ich froh und dankbar.

Das besondere an diesem Haus war, dass, solange ich denken kann, alles immer an derselben Stelle stand. Ich sah von dort gewissermaßen die Welt. Keine Straße der Welt ist mir so vertraut.

Dein ganz bestimmter – eigener Geruch blieb auch noch längst als alle Teppiche, Bilder, Möbel

und Bücher schon aus dem Haus entfernt waren.
Es war ein bedrückendes Gefühl, dieses Haus
auszuräumen.
Dann kam unsere letzte gemeinsame Stunde.
Ich hab bitterlich um dich geweint. Und doch,
ist's nur ein Bruchteil vom Wandel der Zeit.
Nichts davon könnte ich in den Ziegeln und im
Beton finden.
Du und ich – auf ewig sind wir verbunden, denn
dein Erbe trage ich im Herzen. So wirst du mir
voller Stolz, bis zum letzten meiner Tage, blei-
ben.

Noch einige Sekunden, nachdem Richie das
Gedicht aufmerksam gelesen hatte, blieben sie
still. Diese Zeilen gingen beiden sehr nahe. Es
war die Handschrift der Seele.

»Trefflicher und tiefgründiger hätte man es
nicht beschreiben können.« Richie unterbrach
die Stille, bevor es zu sentimental wurde.

»Aber, ich hätte da auch etwas ... etwas für
dich. Weil es jetzt so gut passt und ich mir es
oft gewünscht habe: Dieses eine Lied auf meiner Gitarre einmal ganz allein für dich zu spielen. Übrigens musste ich deshalb vorhin auch
kurz zum Auto, um meine Gitarre zu holen.«

Richie stand auf, ging zum Flur und nahm
seine Konzertgitarre in die Hand.

»Vier Monate habe ich meine Gitarre nicht mehr in der Hand gehalten. Ich konnte einfach keine Musik machen ... war wie gelähmt. Aber ich meine, heute ist ein guter Zeitpunkt es wieder zu tun.«

Lillie blieb noch immer stumm. So sehr bewegt und gespannt war sie, wie schön es klingen würde, welches Lied er auch immer anstimmen würde, weil sie wusste, dass Richie ein exzellenter Musiker ist. Dann begann er auf seiner Gitarre einen Song von Lobo zu spielen.

»When i saw you ... – gleich nach wenigen gesungenen Worten begleitete Lillie seinen Gesang: ... *Baby, i`d love you to want me ...«*.

Ihre Stimmen klangen parallel so harmonisch und stimmig, als hätten sie schon hunderte Male professionell zusammen gesungen.

Ja, natürlich hatten sie schon zusammen gesungen, aber das war lange her.

»Wie schön klang das denn bitteschön?!« Lillie glaubte bald mit offenen Augen zu träumen.

»Bitte, zwick mich mal, dass ich spüre, dass das kein Traum ist«, lachte sie.

Auch Richie konnte sich ein fröhliches Lachen nicht verkneifen. Erstens war er selbst überglücklich, endlich wieder seine Gitarre gespielt zu haben. Und zweitens heckte er schon die nächste verrückte Idee aus.

»Lass uns morgen früh spontan nach Berlin fahren. Berlin ist Mega!«, kurz und knapp klang sein Vorschlag, jedoch völlig ernsthaft.

»Berlin! Berlin ist mehr als Megacool! Bin dabei! Dann bin ich das fünfte Mal in Berlin. In Berlin erlebt man immer etwas Besonderes. Diese Stadt steckt voller Lebenslust. Sie ist die Stadt der Freiheit. An jeder Ecke gibt es etwas zu bestaunen. Und ganz besonders liebe ich die Berliner Kulturszene. Letztes Jahr im November ging es mit dem Bus mit unseren Gartenfreunden für vier Tage nach Berlin. Wir waren nonstop unterwegs. Von morgens bis abends. Wir haben die tollsten Dinge gesehen und bestaunt. Einige interessante Museen und Sehenswürdigkeiten besucht. In ungewöhnlichen Lokalitäten getrunken und gegessen. Am Berliner Wahrzeichen, dem stolzen Brandenburger Tor, haben wir und Menschen aus aller Welt, pausenlos unzählige Selfies gemacht. Wir waren am Checkpoint Charly, im KaDeWe, am Gendarmenmarkt, haben Überreste der Mauer gesehen. Sehr beklemmend war die Besichtigung des Holocaust Mahnmals. Aber das imposante Sony-Center lud uns ein: Gutes zu essen und zu trinken. Es ist fast nicht möglich alles aufzuzählen, was wir in Berlin alles erlebt haben ... Wir hatten sogar die Gelegenheit im Bundestag an einer Plenarsitzung teilzunehmen. Das Thema, worum debattiert wurde, habe ich allerdings vergessen. Ziemlich verrückt war gleich der erste Abend, denn an diesem Freitagabend fand zufälligerweise am Potsdamer Platz die glamouröse Bambi-Verleihung statt. Keiner von uns wusste vorher davon. Mir war am Mittag im Hotel Adlon zufällig Uschi Glas begegnet. Die Hotelangestellte sah meinen erstaunten Blick, und gab mir kurz darauf den Hinweis über die Bambi Verleihung dort. So sind wir am Abend, lustigerweise zu viert, Sabine, Ulrike, Sonja und ich, natürlich dort hin. Als Zaungäste standen wir zusammen mit lauthals kreischenden Fans und zahlreicher Presse direkt vor dem roten Teppich, über den tatsächlich jede Menge Stars und Sternchen wie: Uschi Glas, Thomas Gottschalk, Mario Adorf, Udo Lindenberg ... promenierten und den Menschen zuwinkten, und manchmal uns sogar ziemlich nahe kamen. Da waren aber auch viele Promis, die wir gar nicht kannten. Hach! Berlin ist immer eine Reise wert ... und außerdem: Mit dir – geh ich wohin du willst.«

So spontan die Idee von Richie kam, so überschwänglich willigte Lillie ein. Dass sein Vorschlag von Lillie so begeistert angenommen wurde, daraufhin wäre er am liebsten auf der Stelle gestartet.

Doch dazu brauchte es erst noch seine Reisetasche und ein paar frische Klamotten. Diese waren nachher bei ihm zuhause schnell besorgt.

»Fünf Uhr morgen früh wäre ideal um zu starten ..., und am Sonntagnachmittag, pünktlich zur Kaffeezeit, werden wir wieder hier sein«, sagte Richie noch hellwach, obwohl es schon spät und darum auch Zeit war, schlafen zu gehen.

»Und den Kuchen wird, wie abgemacht, Valerie mitbringen«, ergänzte Lillie begeistert.

Tag 5
Freitag, 28. Dezember

Um fünf Uhr und drei Minuten waren sie gestartet. Die Autofahrt nach Berlin zog sich bis zur Mittagszeit.
Bis zum Steigenberger Hotel am Los Angeles Platz waren es etwa noch zwölf Kilometer.
Lillie hatte noch am Abend, das in Berlin Mitte gelegene Hotel, nahe der Gedächtniskirche, gebucht. Auch weil sie es vom letzten Berlinbesuch kannte und sie wie alle Gäste sehr zufrieden war. Das Auto blieb, solange sie in Berlin waren, in der Tiefgarage des Hotels.

Die Versuchung lag nahe, das moderne Zimmer und sein großzügiges Bett gleich noch etwas länger zu nutzen, doch Lillie wollte los. Sie wusste, später würden sie es so oder so zu schätzen wissen.
Vor dem Hotel standen für gewöhnlich mehrere Taxis, die geduldig auf Fahrgäste warteten. Mit dem Fahrstuhl ging es vom fünften Stock wieder nach unten. Lillie war etwas angespannt, und hungrig.
»War es wirklich dein Wunsch so eine noble Karosse zu fahren? Oder brauchte eher „Sie" dieses Status-Symbol?«

Richie stand locker angelehnt an der Fahrstuhlwand und hatte in diesem Moment überhaupt nicht mit so einer, für ihn unwichtigen, Frage gerechnet. Er schaute Lillie erstaunt an.

»Ernsthaft? Ich würde mal sagen – Beides. Nun, *„Sie"* wahrscheinlich mehr als ich ... ich weiß es nicht ...«, antwortete er irritiert.

»Wusste ich`s doch«, sagte Lillie. Seine Antwort war diplomatisch und gefiel ihr. Sie wollte sich davon überzeugen, dass seine Einstellung immer noch dieselbe war wie früher, zumindest sehr ähnlich.

»Wenn ich dich sehe, sehe ich, was ich versäumt habe ... war das erste und das schönste, was du an Heiligabend zu mir gesagt hast. Du weißt aber auch... mit mir hättest du es niemals zu drei Häusern gebracht«, Lillie war leicht aufgewühlt und neugierig, was er ihr auf diese Tatsache nun antworten würde.

Richie blieb gelassen und dachte gut nach, bevor er ihr antwortete.

»Es hat immer etwas gefehlt. Immer. Haus oder Häuser wie du sagst – hin oder her. Es hat immer etwas, Wichtiges gefehlt. Etwas das zwischen uns immer bestand. *Reichtum ist keine Frage des Geldes.* Diese tiefe Leidenschaft ... du weißt es genau ... unsere Leidenschaft füreinander! So etwas ist mit keinem Geld zu kaufen. Wenn Herzen füreinander brennen ... und es nie aufhört ... dieses Brennen, die Sehnsucht danach manchmal schon schmerzt.«

So emotional hatte sie seine Antwort nicht erwartet. Richie amtete einmal ganz tief ein und wieder aus.

»Außerdem besitze ich außer meinem Auto nichts mehr. Nach dem Tod von Christine habe ich alles den Kindern überschrieben.«
Es war ihr nicht recht, dass die Situation so ernst geworden war, und doch bestätigte es, wie sehr sie stets miteinander verbunden waren. Sie nahm seine Hand, drückte sich eng an ihn und flüsterte: »Jetzt ist es für immer«, in sein linkes Ohr.

»Wir sollten als erstes fein Essen gehen. Ich kenne da ein nettes kleines Lokal ganz in der Nähe des Brandenburger Tors«, schlug Lillie vor.

»Mmh ..., hört sich sehr gut an. Außerdem ist es genau das, was ich jetzt brauche«, antwortete Richie.

»Taxi bitte!«
Bis zum Brandenburger Tor waren es rund fünf Kilometer.
Die Stimmung hatte sich schnell wieder entspannt und beide waren in ausgelassener Laune.

Vor diesem, so stolzen Brandenburger Tor zu stehen, löste ein ganz besonderes Gefühl in Lillie aus.

Von allen Seiten standen reichlich Touristen aus aller Welt davor und hielten ihre Handys in die Luft, um diesen Moment vor diesem aufsehenerregenden Freiheitssymbol für immer festzuhalten. Auch Richie drückte mehrmals auf die Kamerataste seines Handys. Mal schauten sie lächelnd, mal ernst, oder sie schnitten ulkige Grimassen.

Hier pulsierte überall das Leben.

Das steckte an. Hier konnte man ruhig mal eine Spur verrückter sein als gewöhnlich. Allein, um hier am Brandenburger Tor zu sein, lohnte es sich nach Berlin zu reisen. Langsam meldete sich der Hunger und es wurde Zeit, etwas zu essen.

»Hörst du eigentlich immer noch gerne David Bowie«, fragte Richie.

»Ja klar!«, kam ihre Antwort wie aus der Pistole geschossen.

»Aber weißt du eigentlich, dass David Bowie eine Zeitlang hier in Berlin gelebt hatte? Und weißt du auch noch ... dass ich dir damals versprochen habe, dass du auf ewig mein *Starman* sein wirst.«

Er schaute sie an und lächelte verschmitzt.

Sie erkannte den Song am ersten Ton ... *There`s a starman waiting in the sky ... he`d like to come and meet us ...* Richie hatte den Bowie Song in seinem Handy auf Youtube eingegeben.

»Natürlich weiß ich es ... überhaupt weiß ich noch alles, alles, alles. Ja, ich weiß auch, dass David Bowie von 1976 bis 1978 drei Jahre in der Hauptstraße in Berlin-Schöneberg gewohnt hatte und er hier seinen Song *Heroes* geschrieben hat«, antwortete Richie.

»Oh mein Gott. Bitte mach es lauter«, bat sie ihn. Dieses Lied weckte auch noch nach so langer Zeit unvergessene Erinnerungen. Diesen Augenblick, so losgelöst und weit weg vom Alltag hier in Berlin, mit ihm, so zu erleben, das war wirklich mehr als ein magischer Moment. Sie fand keine Worte dafür. Er auch nicht. Sie gingen Hand in Hand und sangen lauthals den Song mit. Junge Leute schauten sich nach ihnen um und lächelten ihnen dabei zu. Als wären sie selbst jung, so fühlten sie sich gerade, wie zwanzigjährige. Ihr Alter sah man beiden sowieso noch längst nicht an.

Richie und Lillie lächelten amüsiert zurück und gingen weiter und weiter, bis sie das kleine französische Restaurant „Chez Nicole" erreicht hatten.

Die Portionen waren nicht zu üppig, dafür sehr schmackhaft.

Nach dem Essen bestellten sie zwei Espresso. Sie beschlossen im Anschluss mit der S-Bahn zum Alexanderplatz zu fahren. Sie wollten zum Fernsehturm und vom Fernsehturm aus die spektakuläre Aussicht über die Millionenmetropole genießen.

Je näher sie dem Alexanderplatz kamen, umso deutlicher war zu erkennen, dass hier anscheinend gerade irgendwelche Filmaufnahmen stattfanden.

Unzählige Menschen in Kleidung der 20er Jahre standen verteilt auf dem Alexanderplatz: Filmleute, Schauspieler, Kameramänner, Kabelträger, Makeup Artists und Regisseure, die Anweisungen gaben.

»Entschuldigungen Sie, finden hier Filmaufnahmen statt?«, fragte Lillie kurzerhand eine ältere Dame, die das Geschehen ebenso beobachtete.

»Sie haben es richtig erkannt Madame«, antworte sie freundlich. »Hier werden gerade Szenen für die Serie *Babylon Berlin* gedreht ... die drehen gerade zwölf weitere Folgen für die neue Staffel ... wenn es nur nicht so kalt wäre heute ... die meiste Zeit steht man nämlich nur dumm rum und wartet auf seinen Einsatz ... sie müssen wissen: Ich bin nämlich tatsächlich eine der vielen Statisten«, klärte die Dame Lillie auf.

»Gratuliere! Das ist ja toll! Ich kenne *„Babylon Berlin"*... eigentlich schaue ich nicht viel Fernsehen ... aber die Kriminal-Serie ist wirklich grandios gemacht ...ich hab sie erst vor kurzem angeschaut. Die Serie hat weltweit große Anerkennung bekommen und sie lief gerade erst in der ARD«, wusste Lillie.
Richie dagegen, war *„Babylon Berlin"* kein Begriff.

»Sie beide passen irgendwie perfekt ins Bild! Bleiben Sie doch hier und machen einfach mit. Zu uns hat man gesagt, je mehr Menschen, umso besser wirken später die Filmszenen... laufen sie doch einfach direkt hinter mir unauffällig durchs Bild«, gab die Dame gesprächig weiter Auskunft.

»Das ist doch mal eine Gelegenheit plötzlich Filmstar zu werden...«, antwortete Lillie amüsiert und schaute dabei Richie an und signalisierte mit ihrem Blick: »Just for fun – lass uns mitmachen!«

»Beeilung! Beeilung!«, rief dann hastig einer der Kameramänner. »Bald wird's dunkel ...wir müssen jetzt dringend die Szenen drehen! Bitte alle Statisten an ihren Ausgangspunkt!«

»Kommen Sie, laufen Sie einfach unauffällig hinter mir her«, gab die Dame nun spontan die Anweisungen an Lillie und Richie. »Sie müssen nicht lächeln, einfach nur laufen, immer geradeaus schauen und in keine Kamera blicken«, ergänzte sie.

Alles in allem dauerten die Aufnahmen keine dreißig Minuten, doch langsam aber sicher wurde es tatsächlich schon dunkel.

»Mein Name ist übrigens Hilde Dambrowsky. *Ick ...* bin ein echtes Berliner Kind. Und sie beide kommen aus dem Schwabenländle – gell ... das hab ich sofort gehört. Ich war dort schon des Öfteren. Mein Bruder Martin hatte es als jungen Burschen 1965 in die Provinz verschlagen. Mühlacker heißt das Örtchen. Dort hat er dann geheiratet, Kinder bekommen und sein Lebtag geschuftet... und voriges Jahr ist er verstorben. Aber *ick ...* will sie nicht länger aufhalten. Wie lange bleiben sie eigentlich noch in Berlin?«, wollte Hilde noch wissen, bevor sich ihre Wege wieder trennten.

»Sonntag geht's wieder zurück«, antwortete Richie, der am ganzen Leib fror und nun so schnell wie möglich rüber zum Fernsehturm wollte.

»Ich freu mich, dass wir uns kennengelernt haben – Hilde. Das war eine tolle Begegnung mit Ihnen ... und ja sie haben recht, wir kommen aus dem Schwabenländle. Tatsächlich wohnen wir zufälligerweise nur etwa dreißig Kilometer von Mühlacker entfernt. Vielen Dank für die spontane Möglichkeit, wenn auch nur kurz, einmal im Leben ein Schauspieler sein zu können. Es hat großen Spaß gemacht. Ihnen wünsche ich von Herzen alles – alles Gute!«, sagte Lillie, und umarmte die ältere Dame kurz zum Abschied.

Im Anschluss erreichten sie in nur fünf Minuten Fußweg den Fernsehturm.
Der Besuch des Fernsehturms entpuppte sich als ein weiteres Highlight. Ohne Wartezeit ging es mit einem der zwei Aufzüge in vierzig Sekunden auf die Aussichtsplattform. Die fantastische Aussicht über ganz Berlin – einfach sagenhaft. Die vielen Sehenswürdigkeiten wurden kurz und knapp erklärt. Die Mitarbeiter und der Service waren sehr freundlich. An der Bar auf der Aussichtsplattform nahmen beide noch einen kleinen Imbiss zu sich. Dieser Tag, das wussten beide, war zu einem ganz besonderen geworden. Ein großartiges Erlebnis! Viel Energie hatten beide nun allerdings nicht mehr. Es war an der Zeit die Füße hochzulegen. Mit dem Taxi ging es glücklich, aber

müde, zurück zum Hotel, und die Freude auf den nächsten Tag war grenzenlos.

Tag 6
Samstag, 29. Dezember

Zwar ging ein eisiger Wind, aber die Wintersonne machte dies wieder gut.

Das Frühstück im Hotel ließen sie ausfallen.

Lillie und Richie hatten sich kurzum dazu entschlossen, gleich mit dem ersten Sightseeing Bus eine große Stadtrundfahrt zu unternehmen, und so in den neuen Tag zu starten. Der weiße Bus stand etwa fünfzig Meter vom Hotel bereits parat.

Schon einmal hatte Lillie an so einer praktischen City-Rundfahrt, die neunzehn Haltestationen anfährt, teilgenommen. Der Sightseeing-Bus startete die City-Tour täglich um zehn Uhr morgens und fuhr bis abends achtzehn Uhr. An jedem Haltepunkt bot sich somit idealerweise die Möglichkeit ein- und wieder auszusteigen.

Am Gendarmenmarkt war Lillie ein romantisches, zweistöckiges Café in Erinnerung, das an jedem Vormittag mit großzügigem Büfett zum Brunch einlud. »In Berlin ist dieses Café sicherlich nicht einzigartig, aber für uns Menschen aus der Provinz ist es wie eine Oase und von einer Seltenheit und mit einer außergewöhnlichen Atmosphäre. Die Zeit reichte damals leider nur auf einen schnellen Cappuccino. Jedenfalls… freue ich mich auf ein tolles Frühstück mit dir zusammen.«

»Und ich erst, mir knurrt schon der Magen", unterbrach Richie, seine Lillie.

Sie saßen ganz eng beieinander und beobachteten während der Fahrt aufmerksam das Großstadttreiben, die Menschen und die vielen mächtigen Gebäude. Dabei machten sie sich Gedanken über die imposante und dramatische Geschichte dieser Stadt.

Die Fahrt zum Gendarmenmarkt dauerte mehrere Stationen und ging auch am Reichstag vorbei, wo wieder einmal eine Demo vorbereitet wurde.

Sie sahen eine Gruppe Jugendlicher mit kaum hundert Personen, die sich friedlich für den Umweltschutz stark machten. Dementsprechend hielt sich auch der Aufwand der Polizeipräsenz im Rahmen.

»Ich glaube, hier ist fast jede Woche mal eine Demo. In diesem *Unordentlichen Jahrhundert* gibt es immer wieder gute Gründe um zu demonstrieren«, sagte Lillie mit verständnisvollem Blick auf die Demonstranten.

»Diese Bezeichnung trifft es wohl ziemlich gut … – Unordentliches Jahrhundert«, wiederholte Richie.

»Diese Zeilen habe ich erst neulich aus einer Situation heraus geschrieben.« Lillie nahm aus ihrer Umhängetasche ihr kleines Lyrikbändchen und gab es Richie um darin zu lesen.

Unordentliches Jahrhundert

Immer ist irgendwo
eine Flucht.
Immer kreist irgendwo
ein kühler Wind.
Der macht blind,
hilflos,
heimatlos,
schutzlos,
sprachlos.
Jahrhundert oder Länder,
dort oder da,
hin oder her.
Wesen und Leben
entstehen und bestehen
aus dem Zustand inneren Friedens,
nicht des Tumults!

»Respekt! Exakt alles gut auf den Punkt gebracht! Gerade darum muss man manchmal laut werden. Ich bin auch der Meinung, dass gerade Kinder und Jugendliche auf ihre Zukunft aufmerksam machen sollten. Sie haben jedes Recht dazu - sich gegen sinnlose Politik zu erheben. Vielleicht wäre manches besser, wenn Kinder die Politik mitbestimmten und wenn es nur die Klimapolitik ist, dann müsste es auch ein Kinderparlament geben. Die Energiegewinnung ist der Hauptpfeiler der Wirtschaft und diese ist für unseren Lebensstandard maßgebend. Wahrscheinlich zurück zum Holzlöffel ... sagte mein Großvater schon vor achtzig Jahren, ... ist die einzige Alternative für den Fortbestand der Menschheit. Dies wäre ernsthaft mein Hinweis an die streikende Jugend, sofort damit zu beginnen, ohne Wenn und Aber.«

Wenn auch nicht oft, dennoch konnte sich Richie, und wenn nötig auch Lillie, mit so manchen politischen Themen intensiv und energisch auseinandersetzen.

»Wir sind die Woodstock Kinder. Wir sind die Menschen, die mit John Lennon und Jimi Hendrix aufgewachsen sind. Manchmal frage ich mich, was aus unseren Werten geworden ist? Wir wollten jede Vernunft realisieren. Wir waren stets weltoffen. Übrig davon blieb eine Ellenbogengesellschaft und eine Welt, einzig in einem kapitalistischen System ... Ungeduld, Hochmut und Egoismus sind allgegenwärtig. Wir müssen uns nicht wundern, wenn viele Menschen keinen Respekt und keine Achtung mehr voreinander haben. Wir Erwachsenen sind oftmals kein Vorbild für Kinder und Jugendliche. Von den Politikern ganz zu schweigen. Dann wundert man sich auch noch, wenn immer mehr Jüngelchen im Auto, von Papa gesponsert, im Straßenverkehr ihre tiefer gelegten Gehirne präsentieren«, äußerte Lillie kritisch ihre Ansicht über die heutige Gesellschaft.

Nach vierzig Minuten Fahrzeit war die nächste Haltestelle am Gendarmenmarkt erreicht.

Lillie bemerkte bereits beim Aussteigen aus dem Bus, dass ihr leicht schwindelig war. Sie ließ sich aber nichts anmerken. Das Café war schon in Sichtweite. Nur noch zweimal mussten sie die Straße überqueren. Die Ampelanlagen regelten sicher den Straßenverkehr. Dann ging alles blitzschnell und ohne Vorwarnung.

Lillie brach auf offener Straße zusammen ... und fiel auf den Boden, direkt vor die Straßenbahnschienen, wo eine Straßenbahn bereits heranrollte. Sie fiel dermaßen ungeschickt, seitlich nach vorne, so, dass eine Rettung beinahe aussichtslos schien.

Mit einer blitzartigen Reflexhandlung, bei der er Lillie kraftvoll am rechten Arm schnappte, zog Richie sie im allerletzten Moment von der Straße zurück auf den Gehweg.

Lillie saß auf dem Bürgersteig gestützt von Richie. Sie war bei sich, aber total benommen. Richie stand unter Schock und konnte kaum etwas sagen, außer: »Hilfe! Bitte! Bitte rufen Sie einen Krankenwagen!«

Mehrere Leute, die in ihrer Nähe waren, boten sofort ihre Hilfe an. Ein junger Mann legte ohne zu zögern seine warme Jacke über Lillies Schulter. Eine ältere Frau bot etwas zu trinken an und zog eine Flasche Wasser aus ihrer Tasche. Wiederrum eine andere Frau rief übers Handy sofort den Notruf und forderte schnellstens einen Krankenwagen an.
Lillie war bei Bewusstsein, wenn auch völlig verwirrt.

»Ich glaube es ist ein Schwächeanfall ... es ist mein Kreislauf ... ich habe heute noch nichts getrunken und nichts gegessen«, begann sie sich selbst die Ursache für den Schwächeanfall zu erklären.

Die beiden Sanitäterinnen bestanden allerdings darauf, Lillie im Krankenwagen mit ins Krankenhaus zu nehmen, nur zur Beobachtung und nur für etwa zwei drei Stunden.

Richie saß dicht neben ihr im Krankenwagen.

Er dachte über Gott nach. Ob es ihn möglicherweise doch gab. Und er dankte ihm, immer wieder dankte er Gott. Er würde sich von heute an jeden Tag bei ihm bedanken – solange nur Lillie nichts passieren würde. Mehr verlangte er nicht.

»Sie sind ein großartiger Lebensretter! Sie haben ihrer Frau in letzter Sekunde das Leben gerettet ... schon allein deshalb werden sie Berlin nie vergessen«, sagte plötzlich die blonde Sanitäterin vom Beifahrersitz aus zu Richie. Lillie hatte jedes Wort mitgehört und musste unwillkürlich lächeln. Wenn das kein gutes Zeichen war!

Zwei Stunden später, nach einem gründlichen Check, einer Infusion und einem Frühstück, fühlte sich Lillie wieder so gut, als wäre nichts geschehen.

Auch Richie hatte zwischenzeitlich im Klinik-Bistro gefrühstückt. Dr. Klingenberg im Hedwig-Krankenhaus hatte Lillie einen Kreislaufkollaps bestätigt.

»Da waren Sie aber selbst daran schuld ..., achten Sie zukünftig darauf genügend zu trinken, ebenso auf eine vernünftige und gesunde Ernährung. Gönnen Sie sich und ihrem Mann nachher ein leckeres Mittagessen.« Dann gab der Arzt grünes Licht, die Klinik zu verlassen.

Lillie fühlte sich in der Tat wieder topfit.

»Lass uns mit dem Taxi an den Bahnhof Zoo fahren ...«, schlug sie Richie vor, ich war dort noch nie, ich will mir das einmal ansehen, die Gegend, dort, wo es damals diese schlimme Drogen-Szene gab, die unsere Jugend so geschockt hatte, nachdem man zuerst das Buch gelesen und erst recht, als man den Film gesehen hatte«, äußerte Lillie ihren Wunsch.

Nur wenige Minuten später stiegen sie am Taxistand gegenüber am Bahnhof Zoo aus einem Taxi. Lillie schaute sich um. Zwar hatte sich hier einiges verändert, jedoch erkannte sie umgehend die Gegend, die sie aus dem Buch kannte. Eine wahre Geschichte, die sie bereits mehrmals gelesen hatte.

Hier also spielte die erschütternde Geschichte der Christine F., die uns bis ins Mark getroffen hatte. Die Geschichte über Babsi, Detlef, Stella, Axel, Atze und wie sie alle hießen, dachte Lillie.

»Das Buch stand damals fünfundneunzig Wochen lang auf Platz eins der Spiegel-Bestsellerliste«, wusste Richie.

»Wahnsinn. Weißt du noch wie geschockt wir damals das Kino verlassen haben?«, fragte Lillie.

»Total geschockt«, antwortete Richie.

Vom Bahnhof Zoo gingen sie weiter zum U-Bahnhof Kurfürstendamm.

»Vor allem traf sich hier „Die Szene", genau hier auf dem U-Bahnhof Kurfürstendamm. Da wurde gedealt. Auf dem kleinen U-Bahnhof waren oft an die hundert Fixer. Und ganz sicher war das Anschaffen ein mieser Job. Die Süchtigen führten ein knallhartes Leben, sie konnten jeden Tag sterben. Es sind ja auch nicht wenige ganz jung gestorben. Schlimm.«

Lillie erinnerte sich recht gut an viele Einzelheiten aus dem Buch, das sie mehrmals gelesen hatte. – Heute war die Szene eine andere. Jedoch Drogen und Kriminalität gab es heute auch in kleinen Ortschaften.

Zu Fuß ging es weiter in Richtung Kudamm zum Schaufensterbummel. Auf der anderen Straßenseite meinte Lillie plötzlich die Sängerin Nicki aus Plattling, bekannt als Bayrisches Cowgirl, in Begleitung zweier Frauen zu erkennen.

»Stopp!«, sagte Lillie plötzlich ziemlich laut. »Schau doch mal, dort … das ist doch Nicki!« Richie blickte über die Straße.

»Dort drüben … Ja, könnte sein … Doch! Ja, das ist sie …«, antwortete Richie etwas überrascht.

Lillie lächelte und winkte in Richtung der Sängerin, und die schaute genau im selben Moment in Lillie`s Richtung. Was war das doch für ein Zufall: Eine der beliebtesten Sängerinnen Deutschlands winkte doch tatsächlich ebenso lächelnd in Richtung Lillie zurück. Die Sängerin hatte wohl keinerlei Berührungsängste, auf offener Straße erkannt zu werden.

So schnell Lillie sie entdeckt hatte, so schnell war sie allerdings auch wieder verschwunden.

Das Essen im Restaurant *Gaumenglück* war vom Feinsten und mehr als reichlich.

Anschließend, nachdem sie am Prachtboulevard an unzähligen Läden und einladenden Cafés und Bars vorbeischlenderten, ging es wiederum mit dem Taxi zurück ins Hotel. Nun stand an, den Abend so gemütlich wie möglich ausklingen zu lassen.

Der Hotelpool im Wellness Bereich war angenehm temperiert. Beide ließen sich treiben und genossen das Schwimmen am Abend mit gedämpftem Licht, und ohne weitere Personen.

Morgen früh ging es wieder zurück. Lillie verstaute die ersten Klamotten in die Reisetasche. Richie hatte ein Lied auf seinem Handy gewählt. Bevor sie schlafen gingen, wollte er noch mit Lillie tanzen, denn zum Tanzen waren sie bisher noch nicht gekommen. Aber vor allem wollte Richie den Tag, der so erlebnisreich wie markant ablief, so glücklich als möglich beenden. Er wusste genau, welches Lied es jetzt dafür brauchte.

Aus seinem Handy ertönte von Nicki *Oh Baby, mit dir des wär mei Leben … da hätt i nix dagegen …*, Lillie zögerte keine Sekunde und fing sogleich ausgelassen rhythmisch zu tanzen an. Anfangs tanzten sie noch auseinander, dann nahm Richie ihre Hand und sie sangen und rockten zusammen ab – übermütig und schwungvoll wie zwei Teenager.

»So werden wir es ab heute immer tun.«

»Was meinst du?«, fragte Lillie mit singender Stimme.

»Jeden Abend. Jeden Abend den Tag mit einem Tänzchen beenden.«

Tag 7
Sonntag, 30. Dezember

Die lange Heimreise auf der Autobahn bei starkem Verkehr verlangte viel Konzentration. Bis Stuttgart waren es noch fünfzig Kilometer. Sie beschlossen in Kürze an der nächsten Raststätte noch eine weitere kurze Pause einzulegen.

Er drehte ihr den Kopf zu. »An was denkst du?«

»Wieder an Heiligabend. – Um was wolltest du mich an Heiligabend bitten?«, fragte ihn Lillie überraschend.

»Dieses *Bitten müssen* ... stellte sich zum Glück erst gar nicht.«

»Sagst du mir es trotzdem ... Irgendetwas Wichtiges muss es doch gewesen sein.«

»Ja. Etwas ganz, ganz Wichtiges. Das Wichtigste überhaupt. Ich bin einfach meinem inneren Kompass gefolgt.«
Diesmal drehte sie ihren Kopf ihm zu und sie ahnte seine Antwort.

»Ich wollte dich bitten ... es mit mir noch einmal zu versuchen und, dass du mir verzeihst, weil ich damals ...«

Sie hatte also richtig gedacht.

»Hör mal gut zu Richie Reichenbach ...«
Lillie nickte lächelnd und fiel ihm ins Wort:
»*Lieben heißt, dass man nie um Verzeihung bitten muss!*«

Es war verrückt. Dieser Satz stammte aus ihrem Lieblingsfilm. Aus „*Love Story*". Damals war es Jenny gewesen, die diesen wunderbaren Satz, der wie eine Weisheit klang, zu Oliver sagte. Dass sie selbst einmal in eine Situation kam, um diesen Satz trefflich zu zitieren, daran hatte sie im Leben nicht gedacht.

»Du kannst mir glauben ... ich habe immer darunter gelitten Lillie. Immer.«
Lillie nahm seine rechte Hand in ihre und drückte sie ganz fest.

∞

In gut einer Stunde würden die Kinder kommen. Die wenigen Sachen, die sie in Berlin dabei hatten, waren schnell wieder aufgeräumt.

Lillie hatte den Kaffeetisch feierlich gedeckt. Auf dem ovalen, rustikalen Holztisch stand in der Mitte ein selbst gebastelter Weihnachtskranz aus kleinen Tannenzweigen, darauf vier silberfarbene Kerzengläser. Lillie zündete die Kerzen an.

Der Trubel in ihrem Wohnzimmer hatte mittlerweile Seltenheitswert, aber heute etwas sehr Imponierendes. Ein großes Thema würde natürlich die Berlin-Reise sein.

»Unvergesslich! Berlin war der Wahnsinn! Was für eine tolle Stadt!«
Lillie sprudelte bald über vor Begeisterung.
»Richie was meinst du«, forderte sie ihn auf, über Berlin zu erzählen.
»Berlin war wirklich famos! Zu jeder Stunde erlebnisreich, abenteuerlich, sehenswert, verrückt, sehr aufregend ... sogar Lebensrettend und vor allem filmreif! ... Kurzum: Beispiellos!«
Die Kinder hatten interessiert und amüsiert zugehört. Die Reise schien anscheinend einer Achterbahnfahrt zu gleichen. Doch als Richie die Situation schilderte, als er Lillie das Leben rettete, stockte jedem der Atem. Über die möglichen schlimmen Folgen ... nicht zu denken!

Alle, ohne Ausnahme, waren erfreut, dass die beiden ein so tolles Paar bildeten. Vor allem aber, dass keiner der beiden mehr alleine war. Ein Paar, deren Liebe echt war. Dies lag in der Luft. Auch weil sie jede Menge Zukunftspläne schmiedeten.
»Daddy, weißt du eigentlich schon, wann im nächsten Jahr dein erster Arbeitstag ist? Ich

könnte bei der Restauration des alten Käfers, gut und gerne deine patente Unterstützung gebrauchen«, fragte Michael seinen Vater.

»Oh, da fragst du mich aber etwas. Nein, das steht noch nicht fest. Und ob du es glaubst oder nicht, ich habe noch keine Sekunde meine Arbeit vermisst.«

»Wow! Na, dann. Das ist ja mal ganz was Neues. Hört, hört – unser Vater vermisst seine Arbeit nicht«, brachte sich Moritz in die Unterhaltung ein.

»Tja, so ändern *dich* die Zeiten. Und überhaupt, schauen wir mal. Lillie besitzt ein kleines Schnuckelchen von Wohnmobil. Damit lässt es sich ohne großen Aufwand ganz wunderbar auf Reisen gehen. Hab ich viel zu selten gemacht die letzten Jahre. Also, könnte gut sein, dass wir demnächst wie Vagabunden einfach losziehen und ein leichtsinniges Liebespaar sind«, verdeutlichte Richie. Das einzige, was er in nächster Zeit wohl plante.

»Einfach machen ... sag ich dazu nur! Das klingt wirklich spannend«, meinte Valerie.

»Der Meinung bin ich auch. Ibiza ist doch schon lange dein Traum, Mama«, wusste Celine.

»So ist es. So ist es«, stimmte Lillie ihren Töchtern zu.

Noch eine ganze Weile plauderten ihre Töchter und seine Söhne locker miteinander über dieses und jenes. Währenddessen folgte Richie Lillie in die Küche.

Ein inniger Kuss verführte zu mehr, weckte knisternde Gefühle, das Verlangen in diesem Moment allein zu sein, ihre Liebe auszukosten. Diese Sternstunde musste noch ein bisschen warten.

»Nun, bevor jeder von euch wieder seines Weges geht, hätte ich noch ein besonderes Weihnachtsgeschenk zu vergeben. Allerdings, euch liebe Kinder, hab ich ja bereits beschenkt.« Nun ging Richies glänzender Blick zu Lillie.

Während Lillie im Krankenhaus gründlich untersucht worden war, entdeckte Richie auf der anderen Straßenseite ein kleines Juweliergeschäft. Spontan nutzte er die Gelegenheit, sich dort umzuschauen. Dabei stach ihm schnell ein goldenes Kettchen mit einem Herzanhänger ins Auge. Nicht zu groß und pomphaft, eher klein, aber fein. Genau Lillies Geschmack, das wusste er und kaufte die Kette gleich zweimal. Jetzt war der richtige Augenblick gekommen, sie damit zu überraschen.

»Zwar verbindet uns seit neununddreißig Jahren das gleiche Herztattoo, das wir uns damals gegenseitig eigenhändig gestochen haben, jedoch soll diese goldene Kette mit Herzanhänger das Symbol unserer neuen Liebe und gemeinsamen Zukunft sein. Und natürlich habe ich die Kette doppelt gekauft, weil auch ich sie tragen möchte ... Liebste Lillie, ich möchte hier vor unseren Kindern nur noch eines sagen: Ich liebe dich von ganzem Herzen. Deshalb hoffe ich, es wird keinen Tag mehr ohne dich geben.«

Es war ein unerwarteter, aber umso schöner emotionaler Augenblick. Richie hatte einmal mehr klar dargestellt, wie sehr er Lillie brauchte und wollte. Lillie war gerührt, konnte kaum etwas sagen. Aber ja – sie fühlte und spürte dasselbe wie Richie. Auch sie wollte keinen Tag mehr ohne ihn sein.

Die Kinder waren hellauf begeistert und klatschten laut Beifall.

Valerie machte den Anfang und war bereits dabei, sich von ihrer Mutter zu verabschieden.

»Mama, wolltest du eigentlich nicht mit Sonja nach Ibiza? Irgendetwas hattest du doch vor kurzem noch erwähnt«, fragte Valerie diskret leise.

»Stimmt. Das werde ich nun morgen Nach-mittag bei unserem alljährlichen Silvestertreff und bei einer Tasse Kaffee mit Sonja klären müssen. Einerseits wird sie total enttäuscht sein, andererseits bin ich mir fast sicher, dass sie dennoch Verständnis für meine neue, glückliche Lebensphase zeigt. Das hoffe ich zumindest.«

»Ich denke auch. Sonja ist kein Unmensch. So wie ich sie kenne, freut sie sich für dich«, so Valeries Ansicht.

Nun machten sich auch die anderen auf, hol-ten nach und nach ihre Jacken von der Garde-robe. Jeder wünschte jedem für morgen zum Jahresende: Einen Guten Rutsch ins neue Jahr.

»Und an Neujahr laufen dann die Telefone wieder heiß«, lachte Mark.

»Also – und ihr wisst ja alle wo wir morgen Abend sind. Sollte einer von euch noch nicht wissen wohin … dann kommt zu uns in die Gartenanlage. Die Silvesterparty im Vereins-heim mit den Gartenfreunden ist jedes Jahr die beste Party weit und breit.«
Lillie wollte es wenigstens noch mal erwähnt haben.

Die Ruhe nach drei Tagen wie im Abenteuer-land tat jetzt richtig gut. Richie begann gleich damit, den Esszimmertisch abzuräumen.

»Bitte lass alles stehen und liegen. Das läuft uns garantiert nicht weg. Lass uns alles morgen früh aufräumen ... ich möchte jetzt nur noch ins Badezimmer ...«, sagte Lillie.

Währenddessen nichts tun, das konnte er auch nicht. Er nahm aus der Küche das Serviertablett und stellte wenigstens die Gläser und das Geschirr in die Küche. Er dachte kurz darüber nach, Lillie ins Bad zu folgen, aber geduscht hatte er heute Morgen noch im Steigenberger. Etwas anderes war es, das heute zu kurz gekommen war.

Ihm war nach Musik. Ja, für Musik war heute kaum Zeit gewesen. Richie wusste auch, welches Lied er jetzt hören wollte. Natürlich ein ganz bestimmtes.

Richie schaute ihre Schallplattensammlung durch. Natürlich, Lillie hatte die Platte, die er jetzt hören wollte. Sobald die Badezimmertür aufging, würde er den Schallplattenspieler anstellen.

Ein unverwechselbarer Akkord begann. Die Melodie ging durch Mark und Bein. Ja! Gute Musik bewegte entweder die Beine oder das Herz. In diesem Fall tat sie beides.

Der Plattenspieler auf dem Sideboard spielte abermals einen Lovesong ihrer frühen Liebe ...
»Something told me it was over, when I saw you and her talking, something deep down in my

soul said ... Lillie kam ihm im Bademantel entgegen, er nahm ihre Hand in seine linke Hand,
die rechte legte er eng um ihr Gesäß. Sie
schmiegte sich an ihn und schloss die Augen.
Es war ein wunderbares Gefühl, und es gab
niemanden auf der ganzen Welt, mit dem
Richie sein Leben hätte tauschen wollen.

»Wie kann man nur so gut riechen«, flüsterte
er ins Ohr.

»Wie kann man nur so ein geniales Lied auflegen«, hauchte sie ihre Antwort in sein Ohr.
Sie versanken leidenschaftlich in ihre Gefühle,
und immer stärker spürten ihre Körper das
Verlangen zueinander.

Tag 8
Montag, 31. Dezember

Der letzte Tag im Jahr war von jeher immer durchgeplant. So war es auch diesmal, und Lillie war wie gewöhnlich gut organisiert.

Ihr Beitrag für das Silvesterbüfett am Abend war eine große Schüssel schwäbischer Kartoffelsalat, eine Schwarzwälder Bananen-Schokotorte und selbstverständlich ihr hochgeschätzter, wie beliebter, Honiglikör. Den hatte sie bereits Tage vor Silvester mit Begeisterung hergestellt. Die Kartoffeln für den Kartoffelsalat waren bereits frisch abgekocht. Dabei war es erst zwölf Minuten nach acht.

Richie kam aus dem Badezimmer und telefonierte währenddessen hastig mit seinem Handy.

»Gib mir zehn Minuten. Ich trinke nur noch schnell eine Tasse Kaffee, dann bin ich da.« Das Telefonat war kurz und ernst.

»Thomas«, sagte Richie »Am Wildbader Eck hat es heute Morgen schon gekracht. Thomas muss mit seinem Abschleppwagen ausrücken... hat aber erst am Nachmittag jemand, der ihm helfen kann. Ich habe ihm gesagt, dass ich zwei drei Stunden helfen kann«, erklärte

Richie etwas genauer mit wem und über was er eben gesprochen hatte.

Auch Lillie kannte Thomas Sailer, denn beim selbigen Thomas stand derzeit auch Lillies Wohnmobil. Thomas hatte von Lillie den Auftrag erhalten, das Wohnmobil für die anstehende Reise zu checken, und, falls es irgendwelche Mängel gab, diese zu reparieren.

Thomas Sailer und Richie waren einst Nachbarskinder, darum konnten sie sich getrost Sandkastenfreunde nennen.

Aber so ziemlich alle im Ort kannten Thomas, denn er war Besitzer der einzigen Tankstelle in Wildbad. Erst seit letztem Jahr betrieb Thomas zusätzlich noch einen Auto-Abschleppdienst. Thomas war im Ort bekannt wie ein bunter Hund und überall beliebt. Auch, weil er ein extrem gutmütiger Kerl ist, hilfsbereit zu jeder Tages- und Nachtzeit.

Jedoch nach Feierabend neigte er gelegentlich sehr dem Alkohol zu, was leider auch schon unschöne Folgen hatte. Nur der Alkohol konnte der Grund sein sagte man, warum Thomas noch immer ledig war und wohl auch noch keine Freundin hatte.

Trotz der unterschiedlichen Charaktere, blieben Richie und Thomas immer dicke Kumpels. Vielleicht auch gerade deshalb. Jedoch ganz sicher, weil ihr gemeinsames Hobby, nämlich alte Autos zu restaurieren, sie immer wieder vor neue spannenden Aufgaben stellte, und sie sich in dieser Sache optimal ergänzten.

∞

Lillie beschäftigte sich weiterhin in der Küche. Das Radio war im ganzen Haus zu hören.

»Mit Musik geht alles besser – stimmt`s? ...«

»Musik war schon immer meine stärkste Antriebskraft«, antwortete ihm Lillie.

»Ich werde Punkt achtzehn Uhr wieder hier sein. Passt ... oder?«, fragte er sie sicherheitshalber.

»Passt ganz wunderbar. Pass gut auf dich auf ... hörst du.«

»Zu hundert Prozent. Ich liebe dich. Dich ... dich ...dich ...«, Richie küsste sie auf die Schnelle, rasant mehrmals auf ihren Mund und ging dann mit noch schnelleren Schritten aus dem Haus.

∞

Pünktlich, um vierzehn Uhr wie verabredet, betrat Lillie das Café der Bäckerei Schäffner. Sonja saß bereits an dem kleinen Ecktisch, der für beide längst zu ihrem Stammplatz geworden war.

»Hey! Grüß Dich. Bist du schon länger da?«

»Nein, etwa zehn Minuten. Ich bin heute recht gut in der Zeit. Auch für heute Abend ist alles schon vorbereitet ... und daheim aufs Sofa zu liegen, hätte sich nicht mehr gelohnt«, antwortete Sonja.

Für Sonja und Lillie war es längst zur Tradition geworden, sich am letzten Tag des Jahres am Nachmittag auf einen Kaffee und ein Gläschen Sekt zu treffen. Für dieses Treffen ließen sie sich immer genügend Zeit. Sie waren vertraute Freundinnen geworden, weil die Chemie einfach stimmte.

Damals 1991, nachdem Sonja nach der Wende von Gera hier nach Wildbad zog, waren sie sich gleich bei der ersten Begegnung im Kindergarten sympathisch gewesen. Sonja war alleinerziehend und lebte zusammen mit ihrer kleinen Tochter Tanja. Doch im Ort fand sie bald ihr zweites, großes Glück.

Sie und Raymund Harrer, der ein kleines Fliesengeschäft betrieb, verliebten sich bei der ersten Begegnung über beide Ohren und heirateten schon ein Jahr später. Wildbad war nicht nur Sonjas neue Heimat geworden. Für sie war er seitdem der schönste Ort der Welt.

»Sonja, ich hab da heute einen kleinen Herz-
schmerz ...«

Lillies Gesichtsausdruck wurde nun ernster,
was Sonja sogleich in etwa zu deuten wusste.
Nun konnte sie nur hoffen, dass sie Sonja nicht
zu sehr enttäuschte.

»Was hast du? ... Ist es etwas Schlimmes?«,
fragte Sonja.

»Wir haben doch die Reise geplant ... Du
weißt schon ... Aber, meistens kommt es anders, als man denkt und ...«

»Oh. Es klappt nicht«, unterbrach Sonja.

»Es hat sich was ganz anderes zugetragen ...
überraschend, mal wieder, ganz unerwartet,
etwas Gutes... an Heilig Abend.«

Nun erzählte Lillie ihrer Freundin offen und
ehrlich, wie die letzten Tage ihr Leben komplett auf den Kopf gestellt haben. Im positiven
Sinne, und davon, wie gut es sich anfühlte.
Auch wie gut es tat, wieder jemand an seiner
Seite zu haben, insbesondere, wenn die Liebe
so tief und innig war.

»Ach herrje Lillie ... es gibt doch keinen
schöneren und besseren Grund unsere Reise
zu verschieben. Ich wünsche dir und Richie
ganz viel Glück! Von Herzen! Vor allem wünsche ich euch beiden eine lange, gemeinsame,
glückliche Zukunft.«

Also waren Lillies Bedenken, Sonja könnte enttäuscht reagieren, ganz umsonst gewesen.

»Und aufgeschoben, ist nicht aufgehoben«, versprach Lillie.

Nach mehr als zwei Stunden wünschten sich die Freundinnen gegenseitig für später: »Einen guten Rutsch ins neue Jahr!«

∞

Lillie wusste bereits am Morgen, welche Kleidung sie am Abend tragen wollte. Keine Gala-Garderobe, nichts mit Pomp und Glitzer. Im Garten mochte man es bequem und lässig, deshalb kamen nur Jeans und Strickpulli in Frage. Auch Richie war ein lässiges Outfit recht. So waren beide beinahe im Partnerlook zur Silvesterparty erschienen.

»Von Thomas soll ich ausrichten; er wird erst gegen zweiundzwanzig Uhr hier sein können. Ich wusste noch gar nicht, dass er auch hier bei den „Gartenfreunden" Mitglied ist«, sagte Richie.

»Er ist schon einige Jahre Mitglied. Ich meine, im März ist er zehn Jahre dabei.« Lillie wusste deshalb über den Verein und seine Mitglieder so gut Bescheid, da sie acht Jahre lang die erste Vorsitzende war. Nach ihr, vor vier Jahren, hatte ihr Mann Robert dieses Ehrenamt übernommen.

»Allerdings ist Thomas nur „Passives Mitglied". Einen Schrebergarten hat er hier keinen. Jedoch bringt er zu jedem Fest eine feine Torte mit. Und immer nur aus der guten Bio-Bäckerei Schäffner«, ergänzte Lillie.

»Typisch Thomas. Dann ist er in mindestens fünf Vereinen Mitglied. Er ist schon ein guter Kerl. Übrigens war er auch schon an deinem Wohnmobil aktiv. Hinten rechts hat er das Bremslicht erneuert, die Toilettenspülung funktioniert auch wieder tadellos. Das neue Radio montieren wir zusammen. Eventuell braucht dein Wohnmobil vier neue Reifen ... dann wäre dein kleines, Reich auf Räder startklar.«

Es war gewiss zusätzlich ein angenehmer Vorteil – Richie konnte, wann immer er Lust und Zeit hatte, in Thomas' Werkstatt im Hinterhof der Tankstelle, unentgeltlich Autoreparaturen vornehmen. Im Gegenzug, wenn nötig, unterstütze Richie natürlich Thomas.

Elena und Maggie hatten einmal mehr das Vereinsheim stilecht festlich geschmückt. An den Decken hingen kreuz und quer bunte Girlanden und eine mächtige rotierende Disco-

kugel, deren Beleuchtungseffekt an einen Ster-
nenhimmel erinnerte.

Lillie und Richie waren etwas verspätet eingetroffen. Die Stimmung war bereits feucht-
fröhlich im Gange. Achtundzwanzig „Gartenfreunde" feierten unter sich eine ausgelassene,
vergnügliche Silvesterparty. Das Büfett war
mehr als üppig und hätte für die doppelte Anzahl an Gästen gereicht.

Lillie wurde gerade heute an Silvester deutlich, wie schön es war, wieder jemand an seiner Seite zu haben. Jemand, der an erster Stelle
kommt, mit dem man Tag für Tag Licht und
Schatten versteht. So etwas war nicht käuflich.
Und wenn, dann war es unbezahlbar.

Wieder dachte Lillie kurz an Heiligabend zurück und daran, dass sie nicht an eine neue
Partnerschaft geglaubt hatte. Zumindest noch
nicht. Und heute – heute hatte jeder Tag ganz
neue Perspektiven.

Sie sah zu Richie. Er stand bei den anderen
Männern an der Bar, die sich gerade heiter mit
einem Glas Bier zuprosteten.

DJane Ellen und ihr Mann Bernd waren
ebenso langjährige Mitglieder bei den Gartenfreunden. Ellen verstand es hervorragend, eine
raffinierte Mischung von aktuellen Charts-Hits
und exzellentem Hit-Mix aus verschiedenen

Jahrzehnten aufzulegen, und damit das Publikum jeden Alters in beste Partystimmung und zum Kochen zu bringen. DJane Ellen`s geschmackvoller Soundcocktail durfte jedenfalls auf keinem Gartenfest fehlen, darum legte sie auch seit Jahren bei jedem Vereinsfest auf.

Jetzt kam die Dancefloor-Runde dran. Die Tanzfläche füllte sich. Auch Lillie wollte jetzt tanzen. Sie gab Richie ein Zeichen hin zur Tanzfläche. Ohne zu zögern, kam er ihr entgegen, als ob er schon darauf gewartet hätte.

Fast alle Anwesenden tanzten nun ausgelassen. Die Stimmung war am Höhepunkt, da drehte DJane Ellen die moderne Musik noch lauter ... *I danced with you, i danced with you ... i see your face, ... unforgettable ...* Dieses Vergnügen auf einer Tanzfläche war eigentlich viel zu selten geworden, umso mehr wurde es heute von allen ausgiebig genossen.

Als aktive Naturschützer verzichteten die „Gartenfreunde" um Mitternacht auf ein Feuerwerk. Zum Umweltschutz, und auch aus Rücksicht auf Tiere. Die Alternative zum Feuerwerk waren Hupen und Trompeten, damit konnte man schließlich genügend Krach veranstalten. Außerdem sah man die Böllerei als reine Geldverschwendung, die man wahrlich sinnvoller nutzen konnte.

Einen kurzen Augenblick standen Lillie und Richie draußen etwas abseits vom Trubel, Arm in Arm, im Dunkel des Nachthimmels.

»Ich wünsche dir und mir, dass wir gesund bleiben und noch viele gute gemeinsame Jahre haben«, sagte Lillie.

»Das wünsche ich uns auch! ... Auch wenn man in die „besten Jahre" kommt, sind die guten noch lange nicht vorbei!", hauchte Richie.

Die Silvesterparty ging langsam zu Ende. Nach und nach verließen die Freunde die Party. Immerhin – Richie und Lillie gehörten zu den letzten. Kurz nach drei Uhr ging es mit dem Taxi nach Hause. „Die Gartenfreunde" verabredeten sich auf den Mittag dreizehn Uhr zum Resteessen und um anschließend das Vereinsheim wieder in Ordnung zu bringen.

Tag 9
Dienstag, 1. Januar

In knapp einer Stunde war bereits Mittagszeit. Passend zum Neujahrstag begann der Tag spät und sehr gemächlich.

»Ausnahmsweise sollten wir uns jetzt beeilen, sonst werden wir wieder nicht pünktlich sein. Die anderen werden schon angefangen haben aufzuräumen«, sagte Lillie und ging schwungvoll in Richtung Garderobe, um die Jacken zu holen.

∞

»Schön wars! So muss es nach einer gelungenen Party aussehen: Nach einem wilden Chaos. Aber genauso hatten wir Übung darin, in zwei Stunden alles wieder ins Lot zu bringen«, merkte Elena an.

»So ist es. Und denkt alle dran: Nach der Party ist vor der Party«, ergänzte Maggie. Da waren sich „die Gartenfreunde" einig – bevor man sich verabschiedete.

Bei trockenem Winterwetter gingen Lillie und Richie im Anschluss noch um den Klostersee spazieren, der direkt an die Gartenanlage grenzt. Danach ging es wieder zurück zur Gartenanlage und noch zu Lillies Laube.

Die Natur, dazu die Ruhe, taten heute besonders gut. Diese idyllische Stille hier draußen war für Lillie sowieso längst zum puren Lebenselixier geworden.

Noch vor wenigen Tagen hätte sie es niemals für möglich gehalten, hier mit Richie vor dem gemütlichen Kaminofen zu sitzen. Gemeinsam dem wärmenden, knisternden Feuer zuzuhören. Geschweige denn als Paar, das sich über ihre weitere gemeinsame Zukunft unterhielt.

Richie brachte einen zweiten Korb Holz herein und befeuerte damit kräftig den neuwertigen Kaminofen.

Nur wenige Wochen vor dem schrecklichen Autounfall, hatte Robert Berret, in vielen Arbeitsstunden, den alten Holzofen durch diesen Kaminofen mit Glasfenster ersetzt. Lillie versetzte der Gedanke daran in eine melancholische Stimmung. Und wieder konnte sie in diesem Moment niemand besser verstehen, als Richie.

Das Gartenhaus war geschmackvoll und urgemütlich im Shabby Chic-Stil eingerichtet. Liebevoll hatte Lillie immer wieder auf Flohmärkten passende, urige Einrichtungsgegenstände günstig erworben, und die Wände damit stillvoll wohnlich dekoriert.

»Glaube mir, wir können in Zukunft alles tun, was wir tun wollen.«

»Ich hoffe es«, antwortete Lillie.

»Lillie – das hier ist keine von den üblichen Liebesgeschichten ...«.

»Ich weiß Richie ... ich weiß«, wiederholte sich Lillie und nickte ihm zu.

Der Blick seiner blauen Augen, die im Schein des Kaminfeuers glänzten, versenkte sich tief in ihre Augen. Es roch nach Feuerrauch und nach würzigem Honig-Anis Tee. Er tat, was beide wollten. Er küsste sie, atmete den Geruch ihrer Haut ein, spürte ihr weiches Haar unter seinen Fingerspitzen, und als sie seinen Kuss erwiderte, verschwand alles andere, und es gab nur noch *Sie* und *Ihn*, wie auf einer Insel mitten im Nirgendwo.

∞

Es war Zeit Holz nachzulegen. Draußen war es zwar dunkel geworden, doch hier war es viel zu romantisch, um schon nach Hause zu gehen. Eigentlich war ja auch das Gartenhaus ein Zuhause, eben nur kleiner und bescheidener. Jedoch waren die Idylle und die besondere Atmosphäre umso schöner.

Richie sah an der Wand das kleine weiße Bücherregal.

Kein einziges Gartenbuch stand im Regal, dafür Bücher von Hermann Hesse, Mascha Kaleko, Wislawa Szymborska, Pablo Neruda, Hemingway, Hölderlin, Goethe, Cohen, Rilke, Brecht, allesamt Gedichtbände. Dann, als letztes am Rand, stand Lillies Gedichtband *„Lebenslänglich Menschlich"*. Letzte Woche in Berlin hatte er es schon einmal in der Hand, allerdings nur kurz darin gelesen. Jetzt wollte er den ganzen Gedichtband von Lillie lesen, dazu setzte er sich in den alten, übergroßen, weißen Korbsessel, auf ein gelbliches Lammfell. Lillie schlummerte auf dem roten Sofa gegenüber. Wenn auch leise, trotzdem hörte sie jedes Wort, das er las.

Was wir hier sind
Gefährten auf Reisen
Einmalig auf Erden
Verschieden jedes Leben.
Kreaturen die suchen
Licht und Schatten
Mehr oder Weniger.
Schwarz oder Weiß
Groß oder Klein
Zusammen oder Allein.
Bettler oder König

Angekommen an Grenzen
Wird Gott ergänzen.

Er war sichtlich beeindruckt von Lillies Worten. Wie sie ganz unterschiedliche Dinge beschreiben konnte und wie sie sich ausdrückte! Es sagte so viel aus über ihre Weltanschauung. Wie und was sie empfand. *Was wir hier sind ...*

Er las es ein zweites und noch ein drittes Mal. Er machte eine kurze Pause und dachte kurz nach. Dann las er weiter. Nach vier, fünf Seiten fing er erneut an vorzulesen ...

Das Spiel mit der Zeit

Du liebe Zeit
Du und all deine Facetten
Machst uns alle
zu deinen Marionetten.
Du bist unsere Lehrstätte
Du bist unsere Gaststätte
Du bist das kostbarste Glied
in unserer Kette.
Wirst dennoch oft verkannt
Leichtsinnig gar
ganz falsch eingeschätzt
Gegen Ende dann
wie froh so mancher wär

hätte er doch noch etwas mehr
allein nur, von dir.

Es ging ihm nahe und beschäftigte ihn, was er bis dahin gelesen hatte. Er hatte das Büchlein etwa zur Hälfte gelesen. Die lyrischen Worte aber wirkten nach, so, dass er sich entschloss, an einem anderen Tag den Gedichtband weiterzulesen.
Lillie war währenddessen tatsächlich eingeschlafen. Wiederholt legte Richie kräftig Holz nach, dann legte er sich vorsichtig zu ihr aufs rote Sofa.

Tag 10
Mittwoch, 2. Januar

»Verrätst du mir, wie aufregend dein Tagesplan für heute aussieht?«, fragte Richie neugierig.

»Ich bin heute eher planlos ... aber positive Aufregungen lasse ich gerne auf mich zukommen. Nun, zunächst werde ich erstmal den üblichen Hauskram erledigen: Wäsche waschen, Staubsaugen ... all diese langweiligen Dinge eben ... Aber morgen! Für morgen habe ich etwas ganz Wunderbares geplant«, sagte Lillie mit sichtlicher Vorfreude darauf.

»Mmh ... etwas Wunderbares hört sich gut an...«, ergänzte Richie.

»Ich habe mit meiner Soraya ausgemacht, dass wir endlich einmal wieder nach Freudenstadt fahren. Ich liebe diese Tage, mit meiner Enkelin etwas zu unternehmen. Einfach schöne Ausflüge zu machen und Soraya schätzt diese kleinen Unternehmungen ebenso", sagte Lillie.

»Und was wäre deine Lieblingsbeschäftigung für heute?«, fragte Lillie Richie.

»Die Band hat heute Probe. Um neunzehn Uhr, wie jeher, jeden zweiten Mittwoch. Chris hat mir heute morgen kurz nach sieben eine

WhatsApp geschrieben und sich wieder einmal jämmerlich darüber beklagt, wie unzufrieden die Band mit meiner Vertretung ist. Ich solle doch endlich wieder mitmachen ... außerdem steht für die Band nächste Woche ein Auftritt an.«

»Hey! Dann mach das!«, bestärkte ihn Lillie.

»Ehrlich gesagt, ich vermisse es immer mehr... und ich hätte auch echt wieder richtig Lust, Musik zu machen ...«

Gesagt, getan.

Der Proberaum war ein Nebenzimmer der Enztalhalle, den das Wildbader Rathaus seit Jahren ihrer ortsansässigen und weit und breit beliebten Musikband, unentgeltlich zur Verfügung stellte. Sie wussten das zu schätzen und gab im Gegenzug dafür, einmal im Jahr zum Sommerfest im Kurpark, ein Benefizkonzert.

Die Überraschung war gelungen.
Allein schon das unangekündigte Erscheinen Richies, löste unter seinen Bandkollegen großen Jubel aus.

»Ich wünsche ein gutes, gesundes Neues Jahr allerseits!«, platzte Richie lauthals in den Raum.

»Hey! Wunder geschehen! Wurde aber auch Zeit!«, rief Chris.

»Mensch Richie – du bist unsere Rettung!«
sagte Schlagzeuger Charlie.

»Endlich! Jetzt sind wir wieder komplett.
Ab heute beginnen die „Goldenen Zwanziger",
Leute!«, freute sich Chris, der Bassist, über-
schwänglich.

Chris war zu Recht, kurz auf sich selbst stolz,
denn letztendlich war Richie seinem Hilferuf
gefolgt.

„The Butterflies" waren eine exzellente Coverband und spielten mit Ausnahme von Gerry, weit über drei Jahrzehnte in Originalbeset-
zung. Mit Gerry Schlossberger hatten sie vor
zwei Jahren einen exzellenten Musiker gewon-
nen. Für nächstes Jahr plante die Band bereits
ein Jubiläumskonzert zum vierzigjährigen Bestehen.

Einst ging Gerry als talentierter junger Musiker von Wildbad in die große Hansestadt
Hamburg. Da er gleich mehrere Musikinstru-
mente spielen und zudem hervorragend singen konnte, war er in der Musikszene schnell
ein gefragter Mann. So ließ auch eine Karriere
nicht lange auf sich warten. Er arrangierte viele Jahre erfolgreich Kompositionen von Sound-
tracks von Filmen oder Fernsehserien. Sein
musikalisches Werk als Solokünstler umfasst
vier Soloalben. Für sein virtuoses Gitarrenspiel

wurde er mit Auszeichnungen wie „bester deutscher Rock-Pop Gitarrist" geehrt. Über die Jahre hatte Gerry mit vielen Größen des internationalen Showgeschäfts erfolgreich zusammen gearbeitet. Nur in Sachen Liebe hatte er nie wirklich Glück gehabt.

Einmal, vor fünfzehn Jahren, gingen auch die „Butterflies", mit eigenen Songs ins Tonstudio und brachten ihre erste und einzige CD auf den deutschen Musikmarkt. Die Platte brachte zwar nicht den großen Durchbruch, jedoch einige kleine, beachtliche Erfolge. Nach der Veröffentlichung folgten tatsächlich sogar Auftritte im Fernsehen. Aus verschiedenen Gründen wagten sie jedoch nicht den Schritt ins Musikbusiness und blieben in ihren sicheren Berufen tätig. Doch als ihr großes Hobby in ihrer Freizeit, stand die Band bei allen vier Mitgliedern immer ganz weit oben. Ihrer Generation entsprechend, spielen „The Butterflies" hauptsächlich Hits, bevorzugt aus den Siebzigern und Achtzigern.
Hits, die von Jung und Alt gleichermaßen geliebt wurden.
Besonders beliebt war aber ihre Eigenheit, ein sehr mitreißendes und ausgiebiges C.C.R Spezial. Es waren exakt zehn Songs der legendären Band aus den USA, die bei jedem Konzert

als zweiter Teil, ein fester Programm-Bestandteil war und den Geist und die Atmosphäre dieser mitreißenden Musik das Publikum faszinierte.

Aber auch Songs anderer großer Künstler wie den Dire Straits, Bellamy Brothers, Rod Stewart, George Strait oder Johnny Cash gehören zu ihrem festen Musikprogramm.

∞

Die Band unterbrach die Musikprobe zwischendurch immer wieder einmal für kurze Pausen. Gelegentlich wurden dann auch alltägliche oder aktuelle Veränderungen angesprochen. Heute erzählte Richie von Lillie.

Allerdings zeigte sich niemand überrascht, dass Lillie und Richie wieder zusammen waren. Es hatte sich wohl herumgesprochen.

Jedenfalls wussten die Bandmitglieder längst darüber Bescheid.

»Ach … Wildbad ist halt doch ein Schwarzwalddorf«, lachte Richie.

»Auf alle Fälle aber ist Wildbad der schönste Kurort Deutschlands«, behauptete Gerry amüsant.

»Leute, ich habe da so eine verrückte Idee … Es handelt sich um einen lang gehegten und bedeutsamen Musiktraum von Lillie«, fing Richie an zu erzählen.

»Oh ... Sehr gut! Wir sind ja auch die Band, die bekannt dafür ist und gerne mal Wünsche erfüllt", unterbrach ihn Charlie.

»Genau! Special Effects – sind außerdem immer gut«, wusste Chris.

»Nun sag schon«, sagte jetzt auch ungeduldig Gerry.

»Da gibt es ein Lied aus ihrer frühen Jugendzeit ... das ihr so viel bedeutet und welches sie so gerne einmal auf einer Bühne ... am liebsten zusammen mit einem Kinderchor singen möchte ... *Ich glaub' an die Liebe und Musik* von Daliah Lavi. Dieses Lied hat wirklich einen schönen Text ...«, erklärte Richie.

»Ich kenne das Lied. Ist wirklich eine sehr schöne, melodische Nummer. Aber ob wir das auf die Schnelle auch arrangieren können?«, fragte Chris etwas skeptisch.

Richie nahm sein Handy und gab auf Youtube das Lied ein.

Die Musiker hörten genau hin und einige Male wiederholten sie den Song. Dann begannen sie zu proben und versuchten die Melodie so exakt wie möglich nachzuspielen. Sie probten, bis jeder Ton saß, und darum überzogen sie heute die Musikprobe um gut eine Stunde. Aber dies war auch schon früher keine Seltenheit gewesen. Die „*Butterflies*" waren nicht nur von jeher eine exzellente Coverband, sie wollten es auch in Zukunft bleiben.

∞

»Die Probe hat sich wahrlich gelohnt ... und sie muss dir enormen Spaß bereitet haben ... ich meine, wenn man dafür, so nach hinten verschoben wird«, lachte Lillie und konnte sich eine spitzbübische Bemerkung nicht verkneifen.

Sie freute sich für Richie und darüber, dass er endlich wieder den Anschluss gefunden hatte, weiterhin in der Band zu spielen.

»Die Band hat nächste Woche am Freitag, den elften Januar, in der Enztalhalle zum Neujahrstreffen, ihren ersten Auftritt im neuen Jahr. Meine Vertretung kam mit dem Musikstil der Band nicht klar und ist plötzlich wieder ausgestiegen ... und mir macht es umso mehr wieder Spaß. Außerdem kann ich meine Bandkollegen doch nicht hängen lassen ... Und, du wirst dich wundern! Unser aktueller Auftritt wird etwas Besonderes sein. Eine geniale Premiere wird es geben. Darum brauchen wir dieses Mal auch einen Schülerchor ... aber darum kümmert sich bereits Chris. Seine Frau leitet den Schulchor am Gymnasium«, erzählte

Richie Lillie, bevor er noch eine wichtige Frage an sie hatte.

»Ach, sag mal, gibt es eigentlich Lieder von denen du den kompletten Text auswendig singen kannst? Ich meine, ohne sie vorher groß einstudiert zu haben und ... singst du lieber in deutsch oder in englisch?«

»Freilich kann ich einige Lieder frei weg von der Leber singen. Da gibt es ganz bestimmte ... Aber, ich singe freilich am liebsten in meiner Muttersprache. Auch, weil ich dann jedes Wort genauestens verstehen kann«, antwortete Lillie selbstsicher. »Und allen voran ist es: *Ich glaub' an die Liebe*... es ist einfach das schönste Lied von allen und natürlich: *Nur du du du allein* ... Aber warum fragst du?« wollte Lillie verwundert wissen.

»Ach, nur so... kam mir eben einfach so in den Sinn. Übrigens, die Band hat beschlossen für unseren Auftritt nächste Woche zweimal zu proben, am Montag und am Mittwoch, und es wird einen Special-Guest geben. Mehr darf ich dir heute allerdings noch nicht verraten. Jedenfalls wird das Konzert der Hammer! Oder besser gesagt; der Oberhammer!«

Tag 11
Donnerstag, 3. Januar

Heute war Enkelin- und Oma-Tag.
Von dem Tag ihrer Geburt stand fest, dass Soraya, Lillies erstes Enkelkind, etwas ganz besonderes für sie war.

»Die Kinder liebt man, das ist keine Frage – aber die Enkel liebt man noch auf eine andere Weise. Man kann sie viel mehr genießen und als ein Wunder sehen. Deshalb mache ich in meinem nächsten Leben meine Enkelkinder zuerst«, sagte Lillie am Vorabend scherzhaft zu Richie, worauf beide herzhaft lachen mussten.

Ihre Tochter Celine war im August 2004, mit zwanzig, früh Mutter geworden. Genau wie Lillie damals. Celine hatte ihre neue Lebenssituation mit einem kleinen Kind, dazu noch alleinerziehend, etwas unterschätzt. Für Lillie war es von Anfang selbstverständlich, ihre Tochter und Enkelin, wann immer sie Hilfe benötigten, zu unterstützen. Mit Anfang vierzig Oma zu werden war zwar kein Weltwunder, jedoch schon etwas Besonderes.

Wann immer Lillie mit ihrer Enkelin im Kinderwagen spazieren ging, wurde sie darauf angesprochen, ob sie denn noch mal Mutter geworden wäre? Lillie fand dies stets ziemlich amüsant.

Lillies und Sorayas Wesensart waren sich tatsächlich sehr ähnlich. Nicht nur, dass sie seelenverwandt waren, nein, die beiden waren auch ein Herz und eine Seele. Von klein an nahm Lillie ihre Enkeltochter überall mithin. Sie bildeten einfach immer ein perfektes Team. Soraya hatte von klein auf ein sonniges Gemüt und eine unkomplizierte Art. Man musste Soraya einfach gern haben und für Lillie ist sie sowieso ein purer Sonnenschein.

Darum nahm Lillie ihre Enkeltochter auch immer gerne auf Reisen mit. Im vergangenen Sommer waren sie erst zusammen zehn Tage auf Mallorca gewesen und hatten in Paguera einen wunderschönen Badeurlaub genossen. Einmal ging es sogar mit der Aida auf eine Ostsee-Kreuzfahrt. Ein unvergessliches Erlebnis war es, jeden Tag eine andere Stadt zu besichtigen – London, Brügge, Paris, aber die schönste Stadt auf dieser Route war für beide Amsterdam gewesen.

Und nun mit vierzehn, hatte Soraya ihren ersten großen Traum.

Auch sie liebte die Musik über alles und träumte davon, später eine Sängerin zu werden. Wie die Dinge sich doch manchmal wiederholten.

In der Musikschule im Nachbarort lernte Soraya seit gut einem Jahr die Bassgitarre zu spielen. Jetzt, wo sie das Instrument sicher genug beherrschte, hatte die tüchtige Teenagerin gerade ihre erste Mädchenband gegründet. Der Bandname „*Die Germany Girls*" stand nicht nur schon fest, der Name, der ihr schon viele Tage vor der Gründung eingefallen war, hatte sich Soraya mit Hilfe ihrer Mutter schriftlich schützen lassen. Und selbstverständlich unterstützte Lillie auch in dieser Sache ihre Enkelin, wo immer sie konnte. Deshalb hatte die Mädchenband auch schon von Beginn an ihren eigenen Proberaum. Seit Tag eins, als es losging, stand ihnen das Nebenzimmer im Vereinsheim zur Verfügung.

Während der Fahrt nach Freudenstadt, waren die Gründung und die weiteren Pläne der Mädchenband das ganz große Thema.

»Illie und ich haben zusammen schon die ersten, eigenen Songtexte geschrieben und Ina übt sich täglich fleißig die Finger wund an ihrem Keyboard ... außerdem haben wir vergangene Woche bei den Proben überraschend festgestellt, dass auch Ina echt gut singen kann, ihre Stimme klingt richtig schön ... und als Schlagzeugerin ist jetzt die quirlige Scarlett neu dabei ... Scarlett scheint ein Naturtalent zu sein und macht unser Quartett komplett. Eigentlich könnte es bald losgehen und ich hoffe, dass wir spätestens im Sommer unseren ersten Auftritt vor Publikum haben werden«, sagte Soraya total euphorisch.

»Übung macht den Meister! Dann bin ich mir ganz sicher, klappt das auch im Sommer mit dem ersten Auftritt«, ermutigte Lillie Soraya.

»Ich hoffe es ... und hab jetzt schon Lampenfieber«, lachte Soraya.

Gerade in Freudenstadt angekommen, begann es so unvermittelt zu schneien, dass unter dem blauen Himmel, keine halbe Stunde später, der ganze Ort aussah, wie eine Torte mit weißer Zuckerglasur.

Lillie parkte den silberfarbenen Focus in der Stadtmitte direkt am Marktplatz. Zunächst ging es durch das Schwarzwald-Center.

Im Schwarzwald-Center, einem gigantischen Glaspalast, waren weit mehr Geschäfte, als in der ganzen Innenstadt. Zu jeder Jahreszeit konnte man hier bequem von Shop zu Shop bummeln und nicht nur die neueste Modetrends erkunden.

Weder Soraya noch Lillie brauchten etwas Bestimmtes. Lillie ging es einzig darum, Soraya eine Freude zu machen, und zusammen einen schönen Tag zu verbringen. Aber ein flottes

Kleidungsstück fand Soraya fast immer, und ein Besuch im Buchladen musste auch immer sein.

»Oma, schau mal ... kennst du dieses Buch: *Der Elefant, der das Glück vergaß* ... scheint ein lustiges Buch zu sein.«

»Oh, dieses Buch ist toll! Ich kenne es tatsächlich, weil ich es habe. Mit großer Leichtigkeit und unnachahmlichem Charme vermitteln darin viele kleine Geschichten zeitlos gültiges Lebenswissen. Ein zauberhaftes Buch, das einen zum Lachen bringt und auch zu Tränen rührt... ich lese immer wieder mal darin... wenn du möchtest, leihe es dir gerne aus.«

Auch der Besuch im „Turmbräu" am Marktplatz gehörte zum Tagesausflug. Hier gab es ihre Lieblingsgerichte vom allerfeinsten, frisch zubereitet.
Lillie bestellte Käsespätzle und Soraya wie immer Wiener Schnitzel mit Spätzle und Soße.
Im „Turmbräu" fein essen zu gehen, war quasi immer der krönende Abschluss des Tagesausflugs, bevor es die gut vierzig Kilometer im Schneegestöber wieder dem Wetter gemäß, nach Hause ging.

Soraya bedankte sich herzlich bei Lillie und war einmal mehr stolz darauf, eine so tolle Oma zu haben.

»Dankeschön Omi. Ich will dir noch etwas sagen; dass ich es schön finde, dass du wieder einen guten Freund an deiner Seite hast. Er muss dich aber immer gut behandeln ... weil jemand wie du es verdient hat.«

»Ach Soraya ... du bist einfach ein Schatz! Und ich bedanke mich auch bei dir ... besonders, weil du so wunderbar bist.«

∞

Wie verabredet, pünktlich wie die Kirchenmaus, stand Richie um neunzehn Uhr vor Lillies Haustür und klingelte Sturm.

»Hey! Hey! Nicht so ungeduldig!« öffnete Lillie, so schnell sie konnte, die Tür.

»Na endlich! Ich hab dich total vermisst!«, begrüßte Richie Lillie stürmisch und küsste sie noch an Ort und Stelle temperamentvoll gleich mehrmals auf den Mund.

In der Küche, bei heißem Pfefferminztee, erzählten sie sich vom Tag und sprachen über die nächsten Tage.

»Außerdem hätte ich da eine romantische Idee ...«, sagte Richie.

»Aha«, antwortete Lillie knapp. Sie las gerade nebenbei in einer neuen Frauenzeitschrift ihr Horoskop für den Monat Januar.

Normalerweise las sie keine Horoskope. Aber wie der Zufall es so wollte, irgendwie passte was sie da las zu ihrer neuen Situation. Sie las es ein zweites Mal, diesmal auch hörbar für Richie ...

»Das Leben wird für Sie gerade zum „Wünsch dir was! ... Zurzeit steht der halbe Kosmos hinter ihnen, und damit haben Sie einfach unverschämtes Glück! Besonders erfolgreich sind Sie im zwischenmenschlichen Bereich. Spaß und vor allem die Liebe stehen im Vordergrund.«

»Na, dann kann ja eigentlich nichts mehr schief gehen«, schmunzelte Lillie.

»Davon bin ich sowieso überzeugt«, antwortete Richie.

»Ach, du sagtest doch gerade etwas von einer romantischen Idee ...«

Richie war sehr glücklich, und dies strahlte er jeden Tag mehr und mehr aus. Allein schon der Gedanke mit Lillie nun tatsächlich den Rest seines Lebens zu verbringen, ließ ihn wie ein frisch verliebter Junge wie auf Wolken schweben.

»Du machst mein Leben wieder leicht. Weil unsere Liebe kein Aber kennt, weil wir zwei Kugelhälften sind, die perfekt zusammenpassen. So ist jeder Tag total entspannt und angenehm. Und weil ich so entspannt bin, kam ich auf die Idee ... dich auf ein romantisches Wochenende nach Heidelberg einzuladen. Vermutlich inklusive einer extravaganten Überraschung.«

»Du Charmeur! Aber ich leiste null Widerstand. Ich kann mir jetzt schon vorstellen, wie schön es wird. Morgen zehn Uhr, denke ich, können wir starten«, stimmte Lillie seinem Vorschlag zu. Sie empfand große Zufriedenheit und strahlte glücklich.

Wieder trat Richie näher und umarmte seine Lillie.

Alles Glück der Erde lag in dieser Umarmung. Er wollte sie küssen, aber sie bog den Kopf etwas zurück und lächelte ...

»Nicht so eilig! Wir sollten uns erst die Zeit für unseren all- abendlichen Tanz nehmen«, flüsterte sie. Dann gab Lillie in Youtube ihr neuestes Lieblingslied ein ... »Es ist ein brandneuer toller Song aus Amerika, der gleich mehrere Grammys gewann und der Titel ist zufälligerweise derselbe, wie deine Band sich nennt: *Butterflies*"... *I was just coastin, never really goin anywhere, cought up in a web ...* «

Tag 12
Freitag, 4. Januar

Als hätten sie es schon tausend Mal getan.
So routiniert starteten sie zur nächsten Kurz-
reise. Der Routenplaner gab von Wildbad nach
Heidelberg fünfundneunzig Kilometer an.
In Heidelberg lag kein bisschen Schnee.
Das Marriott Hotel, direkt am linken Ufer des
unteren Neckars gelegen, bot seinen Gästen
alles, was das Herz begehrte.
»Ein gutes Neues Jahr – wünsche ich Ihnen!«,
begrüßte die freundliche Hotelangestellte an
der Rezeption ihre neuen Gäste.
Nachdem sie das Zimmer kurz besichtigt und
ihre Reisetaschen abgestellt hatten, wollten sie
keine Zeit verlieren und zu Fuß am liebsten
ganz Heidelberg erkunden.
Jede Sekunde genossen sie das besondere
Flair dieser Stadt. Hand in Hand ging es zu fast
allen Sehenswürdigkeiten. Ein Bummel inmit-
ten der Altstadt, vorbei an der gotischen Hei-
liggeistkirche und weiter an den, von Cafés
gesäumten historischen Marktplatz. Vom
Marktplatz aus bot sich ein beeindruckender
Blick auf das Heidelberger Schloss, zu dem es
anschließend ebenso per Fußweg, teils steil
bergauf, ging.

Die roten Sandsteinruinen des Heidelberger Schlosses waren jeher sein Markenzeichen, einmalig in seiner Art und weltbekannt. Nach einem ausgedehnten Rundgang durch die berühmteste Ruine der Welt, gingen sie in das Schlossrestaurant *Die Schatzkammer.*

Das Restaurant bot seinen Gästen regionale Küche, sowie abwechslungsreiche Tagesgerichte, aber auch feine Kaffeekreationen und ein reichhaltiges Kuchenbüfett.

Nach einer kurzen Ruhepause im Hotelzimmer ging es am Abend wieder in die Altstadt. Lillie war am Mittag, nahe der Universität, eine Musikkneipe aufgefallen, die sie neugierig gemacht hatte.

Zwar war es noch nicht einmal zwanzig Uhr, aber die Musikkneipe schon sehr gut besucht. Das *Rising Sun,* so der Name der Musikkneipe, öffnete jeden Abend um neunzehn Uhr. Auch was gleich zu erkennen war, hier fühlten sich Jung und Alt gleichermaßen wohl.

Es gab noch wenige freie Barhocker am kurzen Thekeneck.

Als hätten die zwei Barhocker extra auf sie gewartet, nahmen sie hier Platz. Direkt daneben stand eine kleine Empore aus rustikalem Holz erstellt, mit hunderten Schallplatten ringsum in ihren Regalen, zwei Musikanlagen und eine dezente Lichtanlage. Für Lillie war hier der ideale Platz um die Atmosphäre zu beobachten. Es konnte kein Fehler sein, einen perfekten Überblick über die ganze Musikkneipe zu haben, dachte sich Lillie.

An der Wand hing eine schwarze Kreidetafel. Darauf stand in großen neongelben Buchstaben ... »JEDEN FREITAG ab 21 UHR legt SIE ... Exklusiv nur für euch auf ... *Unsere DJANE CHRISTIN!*«

Es war absehbar, dass noch bevor DJane Christin auflegen würde, es in der Musikkneipe keinen freien Platz mehr geben würde. Die Stimmung hatte etwas Berauschendes. So wie früher in der *Pfeffermühle.*

Wo man hinschaute, sah Lillie entspannte und glückliche Gesichter. Das war ihre Welt – immer gewesen. Die Gastronomie in Verbindung mit Musik.

Die moderne Musik spielte in einer Lautstärke, dass man sich mit seinem Gegenüber noch gut unterhalten konnte und sich keineswegs anbrüllen musste. Dies war die optimale Voraussetzung, um lange und gerne im *Rising Sun* zu bleiben. Zweifellos, die blonde Djane, war hier sehr beliebt, dies zeigte auch der aufgeschlossene Kontakt zu den Gästen. Auch Musikwünsche wurden gerne erfüllt, und die kleine Tanzfläche hatte eine optimale Größe. Mit rund zwanzig Personen war diese gut gefüllt

und passte perfekt zum Ambiente. Als dann
DJane Christin *Prayer C.* von *Robin Schulz* auf-
legte, konnte auch Lillie nicht mehr still sitzen
bleiben. Sie nahm spontan Richies Hand, dann
gingen sie in rythmischen Schritten zur Tanzfläche. Ausgelassen genossen sie diesen Abend,
der wie im Flug verging.

∞

Als Lillie und Richie nach wenigen Gehminu-
ten zurück im Hotel waren, zeigte die Wanduhr über der Rezeption Null Uhr vierzig an.
Müde, aber glücklich, waren beide. Und langsam neigte sich ein weiterer gemeinsamer Tag
seinem Ende zu.

Im romantischen Hotelzimmer überkam Lillie einmal mehr das Bedürfnis, ihre Gefühle
aufzuschreiben. Dieses Gefühl, wenn es kam,
kam immer plötzlich. Eigentlich hatte sie keinen Einfluss darauf. Entweder es wollte etwas
aus ihr heraus und aufgeschrieben werden,
und wenn nicht, kam es ebenso vor, dass sie
manchmal tagelang kein einziges Wort notierte. Nun war ihr wieder danach, aufzuschreiben, was nach so einem gelungenen Tag übrig
bleibt. Sie dachte kurz nach.

Dann nahm sie aus ihrer Handtasche einen
Stift und ein kleines Schreibheft. Sie ließ sich

wie immer einfach treiben und fing dann an zu schreiben. Ihr Blick war tief versunken, wie in seligen Gedanken.

Richie blieb still. Er wusste, nun entstand ein neues Gedicht.

Nur wenige Minuten später, legte sie den Stift und das Schreibheft wieder zur Seite. Still und zufrieden lächelte sie ihn an.

»Ich weiß es ... wunderbare Zeilen hast du wieder geschrieben ...«, sagte er.

»Vielleicht ... Vielleicht ...«, antwortete Lillie etwas verträumt.

»An was dachtest du während du es schriebst ... an heute?«

»Nein. An Heiligabend. Ja, an Heiligabend ... dieser Tag lässt mich nie mehr los.«

»Änderst du es noch ...«, fragte Richie. Lillie zögerte ganz kurz mit der Antwort.

»Nein. Jedes Wort soll so bleiben.«

»Ich weiß es handelt von uns ... «

Lillie reichte ihm das neu geschrieben Gedicht, dann begann er zu lesen:

Mir träumte
Eines Morgens fand ich
an der Tür ein Briefchen.
Anstatt ein Name
Stand da geschrieben:

„Von deinem einstmals Allerliebsten."
Mein Herz fing zu stolpern an.
Ich wusste kaum, wie ich atmen kann.
„Die Jahre sind vergangen...
Nur einmal noch möchte ich dich,
so gerne Wiedersehn!
Noch einmal in deine Arme sinken!
Dir – einen letzten Kuss geben.
Sollte das nicht geschehen,
sollst du wissen, bevor ich sterbe:
„Liebste, ich hab dich immer, geliebt."

Noch hatte er das letzte Wort nicht vorgelesen, da sah sie wie er ihr zu nickte. Und er konnte nicht verhindern, dass ihm Tränen in die Augen traten.

»Unfassbar schön ... und zum Glück! Ich träume nicht mehr, mein großes Ziel bist du ... Oh Lillie ... du machst so vieles wieder möglich.«

Richie küsste sie auf die Schläfe, sah in ihr Gesicht, stand ganz nah bei ihr. Mehr Glück war nicht möglich.

»Wann immer es möglich zu machen ist, sollten wir uns die Zeit nehmen für alles, was uns glücklich macht«, ergänzte er mit leidenschaftlicher Überzeugung.

Sie wussten es beide: Weiterhin Dinge zu tun – einfach nur damit sie getan wurden, kam nicht mehr in Frage. Das war einmal. Dieses Glück, wieder vereint zu sein, stand jetzt mit Abstand an erster Stelle. Nichts war für die Zukunft wichtiger.

Tag 13
Samstag, 5. Januar

Nicht nur, dass Heidelberg seinen Touristen vielseitig Interessantes zu bieten hatte, nun vertrieb die Sonne auch das Grau vom Himmel. Heute war ihr dreizehnter gemeinsamer Tag. Und es war in der Tat seitdem ein ganz neues Leben. »Genau wie diese dreizehn Tage, möchte ich, wenn möglich ... mein weiteres Leben verbringen«. Dieser Gedanke zauberte Lillie eine echte Glücksseligkeit ins Herz.

Am Vormittag ging es zuerst zum Philosophenweg. Für Lillie war es ein Highlight auf dem Pfad berühmter Dichter und Denker, wie Hölderlin oder Eichendorff, zu gehen.
Der Philosophenweg am Heiligenberg mit seinen Gärten und Bänken, bot einen traumhaften Ausblick auf die Heidelberger Altstadt und auf das gegenüberliegende Schloss. Hier verleitete die Zeit einen zum Nichtstun und Träumen. Im Botanischen Philosophengärtchen fanden sich überall Hinweise auf weltbekannte Dichter und Denker. Da war es kein Wunder, dass allein dieser zauberhafte Weg seit Jahrhunderten immer wieder berühmte Persönlichkeiten aus aller Welt in seinen Bann zog.

Ziemlich hungrig ging es zurück in die Altstadt hinunter, um italienisch Essen zu gehen. Nach dem sie im Ristorante LaVita vorzüglich und reichlich gegessen hatten, ging es weiter über die *„Karl Theodor-Brücke"*, besser bekannt als die *„Alte Brücke"*.

Hier war der ideale Ort, um mit dem Handy einige lustige Selfies zu knipsen. Lillie und Richie verweilten noch einige Minuten auf der Brücke und beobachteten gerade den Neckar und seine Ausflugsschiffe, als sie plötzlich eine ärmliche, alte Frau ansprach.

»Ich lese deine Hand. Nur zehn Euro. Du geben mir deine Hand, und bitte, nur zehn Euro«, sagte die Alte in gebrochenem Deutsch, die nicht nur wie eine Zigeunerin aussah, sondern wahrscheinlich auch eine war, die aus ihren finsteren dunklen Augen, immer im Wechsel, einmal auf Lillie und einmal auf Richie schaute.

Lillie lehnte ab. Richie nahm die Sache zwar nicht ernst, aber ihm tat die ärmliche Frau leid, so, dass er zustimmte. Die alte Frau nahm zuerst die zehn Euro, dann seine rechte Hand. Sie blickte intensiv auf seine Hand. Ihre dunklen Augen kreisten einmal quer über seine Handfläche, dann plötzlich blickte sie starr in Richies Gesicht. Sie schaute ihn stillschweigend an. Ihr Anblick wirkte erschrocken und blieb sekundenlang starr. Dann ging ihr Blick wieder auf seine Handfläche und sie erklärte ihm: »Du bist eine fleißige Mann ... du immer viel arbeiten. Du immer erreichen, was du wollen. Und du haben eine besondere Ziel ... Ja, du immer fleißig, du bist gute Mann«, wiederholte die Alte noch einmal.

So seltsam schnell sie erschienen war, so schnell war die ärmliche Alte wieder verschwunden. Auch Lillie wollte hier nicht länger bleiben.

Dieser eine Augenblick, der starre Blick der Alten, kam Lillie irgendwie merkwürdig vor und machte ihr ein mulmiges Gefühl.

Sie hatten sowieso vorgehabt nach Speyer zu fahren, um das Technik Museum zu besuchen. Dann fuhren sie eben etwas früher hin. Denn dort, wenn Richie das Datum richtig verstanden hatte, wartete noch eine kleine, geheime Überraschung auf Lillie.

Doch die mysteriöse Alte konnte sie ab heute nicht mehr vergessen.

∞

»Ich bin wirklich schwer beeindruckt, welche seltenen Raritäten es hier zu sehen gibt«, sagte Lillie begeistert.

Die Liste seltener Exemplare, die es hier zu bestaunen gab, war lang und außergewöhnlich. Vom U-Boot, Rettungskreuzer, Hubschrauber, Flugzeuge, Oldtimer, und Lokomotiven, Unikate von Kirmesorgeln und ein triviales Hausboot, das bereits für viele Schlagzeilen gesorgt hatte.

Lillie und Richie näherten sich anscheinend einem speziellen Unikat, einem großen Boot, vor dem eine große Anzahl Menschen stand.

Um das Boot herum wurde allerdings gerade ein Absperrband angebracht. Jetzt, direkt vor dem Boot, war zu erkennen, dass es sich um ein ziemlich bekanntes Boot handelte. Auch weil es schon oftmals im Fernsehen zu sehen war. In übergroßen, blauen Buchstaben, vorne unterhalb des Bugs stand der Name „*Sean O'Kelley*". Somit war auch das Rätsel gelöst, warum sich hier so viele Leute dafür interessierten. Es war das ehemalige Hausboot der Kelly Family.

»Liebe Gäste, heute ist der Zutritt von 15 bis 17 Uhr wegen Dreharbeiten leider nicht möglich. Danke für Ihr Verständnis.«

Diese Besucherinformation hatte vor ihren Augen gerade erst ein Museumsmitarbeiter an

Ort und Stelle aufgestellt. Ein Blick auf das Handy zeigte, bis 15 Uhr waren es noch fünfunddreißig Minuten.

»So wie es aussieht würde ich meinen: *Die Kellys* sind hier fast alle persönlich an Bord«, schätzte Lillie die Situation auf dem Boot richtig ein.

»Komm, lass uns ganz schnell auf das Boot gehen! Noch ist es möglich ... es einen kurzen Augenblick in Augenschein zu nehmen«, sagte Richie hastig.

»Ok. Hast recht ... dann schnell los!«

Mit Lillie und Richie waren es noch etwa zehn weitere Besucher, die sich auf dem Boot befanden und sich hier neugierig umschauten.

Während des Rundgangs auf dem Oberdeck, kam es tatsächlich schnell zu einer kurzen Begegnung eines Familienmitgliedes der Kellys. Ja, es war Joey Kelly in Begleitung eines Kameramanns. Und ganz seiner Art entsprechend, grüßte und winkte Joey nebenbei den Besuchern freundlich zu.

»Schau mal da vorne ... ist das nicht die Kathy ... «.

»Sie ist es! Du meine Güte, ich möchte sie kurz ansprechen«, antworte Lillie spontan und ging ohne zu zögern in Richtung Kathy Kelly. Richie hielt sich diskret zurück, denn er wusste, dass es in Wildbad zwischen den beiden schon einmal zu einer herzlichen Begegnung gekommen war. Und nun kam es annähernd so, wie Richie es sich ausgedacht hatte. Er hatte wenige Tage zuvor zufällig im Radio gehört, dass die Kellys am heutigen Sonntag, sofern das Wetter ihnen gut mitspielte, hier in Speyer auf ihrem ehemaligen Hausboot mit Aufnahmen für eine Fernsehsendung beschäftigt waren. Allerdings wusste Richie nicht um wie viel Uhr.

»Hallo Kathy!«, überschwänglich aber herzlich sprach Lillie Kathy Kelly an, die, zwar ein wenig verdutzt reagierte, aber Lillie gleich wieder erkannte.

»Ja, das ist gibt's doch nicht ... Lillie aus Bad Wildbad!«

In null Komma nix plauderten die beiden freudvoll los. So, als hätten sich zwei alte Freundinnen wieder gefunden. Vor nicht ganz zwei Jahren hatte die überaus sympathische Kathy Kelly in Wildbad in der kleinen Englischen Kirche, die mitten im Kurpark stand und in der regelmäßig Konzerte stattfanden, ein Gospelkonzert gegeben.

An jenem Abend überzeugte die irische-amerikanische Sängerin ihr Publikum mit ihrer Solo-Performance einmal mehr auf ganzer Linie. Lillie hatte für diese Veranstaltung

133

ehrenamtlich die Verköstigung der Gäste und Besucher übernommen. So kam es auch, dass die beiden sich dort kennengelernt hatten.

Da Kathy Kelly an diesem Abend in Wildbad blieb und im Hotel Viasana ein Zimmer reserviert hatte, weil es für sie am Tag darauf gleich weiter nach Freudenstadt ging, saßen sie an jenem Abend noch bis spät in der Hotellounge und führten unter vier Augen lange und gute Gespräche. Seid dem Tag war sie ihr Fan.

Die beiden Frauen führten, für alle ersichtlich, sogleich eine freudvolle Unterhaltung. Jedoch dieses Mal tauschten sie zuerst ihre Handynummern aus. Außerdem ließ Lillie es sich nicht nehmen und lud Kathy auf ein privates Treffen nach Wildbad ein. Kathy nahm die Einladung gerne an und versprach sie schon bald, spätestens aber im Sommer, einzulösen.

Die Zeit drängte, da eine weibliche Stimme suchend lauthals nach Kathy rief: »Kathy Kelly bitte zur Visagistin in den Maskenraum!«

»Bleib gesund! Bis bald in Wildbad!«, verabschiedete sich Lillie.

»Bis bald ... und auch für dich „Alles Gute"«, wünschte Kathy Lillie.

Lillie sah ihren Richie freudestrahlend und dankbar an.

»Sag mal, kann es vielleicht sein, dass du ganz zufällig wusstest, dass die Kellys heute hier sind?«

»Ich. Na woher denn?«, antwortete Richie schelmisch.

Damit war die Frage eindeutig beantwortet.

∞

Lillie empfand eine tiefe Dankbarkeit. Ihr Leben mit Richie machte sie wunschlos glücklich und war jeden Tag, jede Stunde kostbar. Doch, wenn sie es sich recht überlegte, war das kostbarste daran, Zeit zu haben. Genügend Zeit, um noch viele gemeinsame Jahre zu verbringen.

Wieder zurück in Heidelberg, ließen sie am Abend den Tag an der Hotelbar bei einem Cocktail ausklingen.

»Tja, und morgen früh geht's schon wieder nach Hause. Aber Hey! Wir sind es wieder!«

»Was sind wir?", fragte Lillie irritiert.

»Na, das Traumpaar von Wildbad!« , antwortete Richie salopp.

Auf diese Bemerkung hin mussten beide herzhaft lachen.

Dieses fröhliche Gelächter steckte an, so dass auch die Servicekraft hinter der Theke und die wenigen Gäste an den kleinen Tischen lächeln mussten.

Obwohl beide nun müde von diesem abenteuerlichen und langen Tag waren, fehlte noch ihr Tanz am Abend. Und der musste noch sein.

Richie bediente sein Handy und stellte es lauter ... *Sonne in der Nacht, Träume sind erwacht, Feuer im Vulkan, wir beide Arm in Arm* ... das kleine romantische Hotelzimmer war wie gemacht für so einen intimen Augenblick.

Draußen auf dem Hotelflur passierte gerade ein anderes Pärchen das Zimmer, aus dem die stimmungsvolle Musik zu hören war. Das Paar zwinkerte sich lächelnd zu, nahm sich in die Arme und fing ebenso an zu tanzen.

Tag 14
Sonntag, 6. Januar

Gerade, als Richie die Haustür zu seinem Haus öffnen wollte, kam ihm Mark zuvor.

Sein Jüngster hatte wohl eine neue Flamme. Zumindest hatte er das junge, hübsche Mädchen an seiner Seite noch nie gesehen.

»Hey Papa! Na – auch mal wieder hier? Mal wieder nach vier, oder waren es schon fünf Tage die du nicht mehr hier warst?«, fragte Mark keck seinen Vater.

»Vier. Vier Tage sind es. Hast du mich etwa vermisst mein Kleiner?«, fragte Richie schalkhaft zurück – bekam aber keine Antwort.

Mark und seine neue Flamme hatten es vermutlich deshalb so eilig, weil sie, wie die meisten junge Leute, einfach nie Zeit hatten. Weil junge Leute nun mal so sind wie sie sind und meistens tausend Dinge planen oder tun wollen, und ihre diversen Vorhaben vor allem Vorrang haben.

∞

Richie schaute sich um, als wäre er im falschen Haus.

Zuerst ging er langsam durchs Wohnzimmer, dann ins Esszimmer, zur Küche und anschließend in den, von seiner Frau Christine, geschmackvollen eingerichteten hellen Wintergarten.

Von Raum zu Raum blieb er kurz stehen und sah sich um. Irgendwie war es hier nicht mehr so, wie noch vor ein paar Tagen. Vieles hatte sich verändert. Die Zeit war jetzt eine andere. Hier fühlte er sich nun fast wie ein Fremder. Richie war deshalb froh, dass wenigstens Mark hier sein trautes Heim schätzte.

Mark war der jüngste seiner drei Söhne, und in sechs Tagen hatte er seinen vierundzwanzigsten Geburtstag. Mark kostete derzeit sein junges Leben in vollen Zügen aus. Als einziger der drei Söhne, der noch zuhause wohnte, hatte dies für ihn natürlich angenehme Vorteile.

Zweifellos, er fühlte sich hier in seinem elterlichen Haus sichtlich wohl. Mittlerweile hatte Mark den gesamten oberen Stock für sich, was ihn allerdings nicht davon abhielt, auch unten überall seine Spuren der Unordentlichkeit zu demonstrieren.

∞

Lillie hatte sich am Mittag ganz und gar der Küche verschrieben. Ihr stand der Sinn nach einer schwäbischen Delikatesse, und sie wusste, damit konnte sie jeden begeistern. Heute war es auch deshalb lohnenswert, ein feines Essen zu kochen, da sich auf siebzehn Uhr Soraya und ihre Mama angekündigt hatten. Für Gäste zu kochen machte sie mit Vorliebe. Allerdings bevorzugte Lillie dazu gewöhnlich mitreißende Musik, und auf dem Handy waren heutzutage auf Youtube flink einige Songs ihrer Lieblingsband, den *Rolling Stones,* eingetippt.

Zusätzlich aktivierte Lillie den kleinen Bluetooth-Lautsprecher und schon ließ es sich noch viel besser kochen. Mit Songs wie *Miss you, Heartbreaker, Time is on my side, Mothers little helper* und *Angie* – wurde für Lillie die Küchenarbeit im Handumdrehen stets zum feurigen Vergnügen.

Das traditionelle Gericht: Linsen mit Spätzle und Saitenwürstle, hatte Lillie bis dahin unzählige Male gekocht, demensprechend lief jeder Handgriff fast von allein. Doch das I-Tüpfelchen würde der Nachtisch werden, das wusste Lillie aus Erfahrung.

Lillie unterbrach kurz die Musik. Sie wollte Celine und Richie noch schnell eine Nachricht senden. »Hallöchen ... ich empfehle nachher einen guten Hunger mitzubringen!«;-)

Der Nachtisch war eine besonders leckere Eigenkreation. Auch der spektakuläre Name, der ihr damals zu diesem Nachtisch eingefallen war, versprach nicht zu viel – weil man in der Tat von der raffinierten Creme mit leckeren Himbeeren endlos viel essen wollte, nannte sie ihr Dessert kurzum *Endless Love*. Das leckere Himbeerdessert entwickelte sich tatsächlich zu einem Geschäftsmodell. Denn, seit diesem Jahr gab es *Endless Love* sogar exklusiv, in ausgewählten Supermärkten fertig zu kaufen.

Bis siebzehn Uhr waren es noch knapp drei Stunden. Zeit genug, um noch etwas auszuruhen, vielleicht in einem Buch zu lesen, oder ein neues Gedicht zu schreiben, jedoch auf alle Fälle, um noch zu duschen.

Weder Richie, noch Celine mit Soraya waren pünktlich. Und doch saßen bereits zwanzig Minuten später, alle vier gemeinsam um den schön gedeckten Esszimmertisch und ließen sich die delikate Hausmannskost schmecken.

»Mama! Dein Essen verdient einmal mehr das *Prädikat Wertvoll*!«, sagte Celine.

»Mmh Oma ist eben die beste Köchin überhaupt«, bestätigte auch Soraya, die es sowieso liebte, bei ihrer Oma zu essen, ganz gleich was es gab.

»Absolut meisterhaft! So etwas kann man in keinem Lokal der Welt bekommen«, schwärmte Richie und lobte noch den ganzen Abend immer wieder das köstliche Essen.

»Danke für die Blumen allerseits ... es ist auf alle Fälle das Ergebnis davon, dass mein Vater ein exzellenter Chefkoch und Gastwirt war ... ich habe bei ihm viel mit den Augen geklaut«, sagte Lillie verschmitzt, aber auch mit Stolz.

Nicht nur, dass man auch auf die üblichen Alltagsaufgaben zu sprechen kam, vor allem gehörte bei Lillie zur frohen familiären Stunde, gemeinsam Gesellschaftsspiele zu spielen. Heute fiel die Wahl auf *Mensch ärgere dich nicht*. Amüsant und temperamentvoll ging es zu.

Nach vier Runden war dann Schluss und Soraya die große Gewinnerin.
Die Zeit war wieder einmal viel zu schnell vergangen und ein Blick aufs Handy zeigte bereits vier Minuten nach einundzwanzig Uhr.
Nachdem Celine und Soraya gegangen waren, der Esszimmertisch abgeräumt war, ging es zum gemütlichen Teil über – rüber ins Wohnzimmer.

Richie hatte es gleich gesehen. Auf dem kleinen Wohnzimmertisch lag Lillies Gedichte-

Schreibblock. Also hatte sie am Nachmittag wahrscheinlich wieder geschrieben.

»Hat meine Dichterin heute wieder fantasievoll, Worte in glückselige Poesie eingehüllt?«, fragte Richie interessiert.

»Kann man so sagen. Sozusagen sind gleich drei neue poetische Werke entstanden«, schmunzelte Lillie.

»Es war verrückt. Während ich in der Küche beschäftigt war, habe ich die ganze Zeit Musik von den *Stones* gehört und dabei gingen meine Gedanken mit mir durch ... ich schrieb einzig über die *Rolling Stones* ... die Worte kamen irgendwie von ganz allein ... mir fiel das unvergessliche Stones-Konzert in Stuttgart wieder ein ... eigentlich, ist dieses phänomenale Erlebnis gar nicht zu beschreiben. Es war mit Abstand das beste Konzert, das ich je erlebt habe! Und es waren wirklich schon reichlich viele Konzerte. Angefangen mit *Tina Turner* ... die Mitte der 80er Jahre, mit ihrer sagenhaften Präsenz, viermal hintereinander die Schleyerhalle auf den Kopf gestellt hatte. Weiter geht's mit *Deep Purple*, *Bryan Adams*, *Dire Straits*, *Simply Red*, *Stevie Wonder* ... und so weiter. Aber niemand kann sich mit den *Rolling Stones* messen. Wie oft wollte ich einmal, nur einmal, zu den *Stones*. Immer gab es irgendeinen Grund, warum es nicht passte.

Aber Samstag, den 30. Juni 2018 war es soweit ... Was die Sache noch viel schöner machte, war die Tatsache, dass meine Schulfreundin Bärbel und ich, gemeinsam als ewige *Stones*-Fans, nach Stuttgart gingen ... in der Mercedes-Benz Arena hatten 54.000 Fans rote Zungen auf ihren Shirts, und wir alle sangen gemeinsam *Satisfaction, Miss you, Gimme Shelter* ... so etwas spektakuläres vergaß man sein Lebtag nicht mehr.«

Noch immer voller Begeisterung dafür, hatte Lillie ausführlich dieses einzigartige Erlebnis geschildert.

»Hammer! Da wäre ich echt auch gerne dabei gewesen! Und jetzt bin ich erst recht neugierig, was du über die *Rolling Stones* – vielleicht die beste Band der Welt, geschrieben hast ...«, antwortete Richie.

»Nicht vielleicht ... Soll ich vorlesen?«, fragte Lillie.

»Was für eine Frage. Ich bitte darum.«

Dass Richie echtes Interesse an ihren Gedichten zeigte, erfreute Lillie ungemein und es bedeutete ihr viel, denn natürlich war das Interesse an Gedichten nicht jedermanns Sache. Lillie begann zu lesen ...

Rolling Stones

Wie im Himmel die Sterne,
sind auf Erden die Rollende Steine.
Satisfaction hören,
ist wie Porsche fahren.
Und ein ewig geiles Phänomen,
bleibt die rote Zunge zeigen.

Keith Richards

Ein Leben
Eine Leidenschaft
Ein Gigant
an der Gitarre
Musik außer Kontrolle
Wovon ich nie
Genug bekomme.

Angie

Dass du eines für immer bist,
so ein ganz besonderes Lied.
Seit jener Jugendzeit,
mir unter die Haut gehst.
Im Herzen fest verankert,
weil es von Liebe erzählt.
So viel von mir selbst,
was mich von jeher bewegt.
Mir aus der Seele spricht,
mich immer wieder erinnert.
Und du Angie, erst dann verstummst,
wenn es mich nicht mehr gibt.

»Mega! 100% Prozent *Stones*! ... alle drei sind unfassbar gut gelungen! Es ist eine echte Gabe, so poetisch veranlagt zu sein. Wie lange hast du daran geschrieben?«, wollte Richie wissen.

»Für alle drei ... keine Stunde.«

»Stark! Wirklich!«

Durch die Unterhaltung über echte handgemachte Rockmusik, bekam Richie Lust, auf seiner Gitarre zu spielen. Erst kürzlich hatte er einen neuen Song von *Chris Norman* einstudiert. Ein melodischer Song mit Rhythmus und gutem Text. Die Band hatte sich am Montag entschieden, diesen Song in ihre Playlist aufzunehmen. Somit war es jetzt eine gute Gelegenheit, den Song zu spielen, auch um Lillies kompetente Meinung über den Song zu hören.

Richie saß auf der breiten Armlehne des Fernsehsessels und stimmte zuerst seine Gitarre.

»Dieses Lied widme ich dir allein ... es ist zwar leider nicht von mir, aber denk dir in diesem Augenblick einfach ... ich hätte es nur für dich geschrieben«, sagte Richie schmachtend.

»Wow. Dann will ich ganz Ohr sein ...«, flüsterte Lillie gespannt.

Schon der erste Akkord auf seiner Gitarre verzauberte die Atmosphäre im Raum und erst recht, als Richie zu singen begann ... *Raven hair and auburn eyes, have you ever seen my gypsy queen, she`s an angel ...*

Tag 15
Montag, 7. Januar

Lillie fing an die Reise vorzubereiten.
Nächste Woche war es soweit und es ging mit dem Wohnmobil vier Wochen auf große Entdeckungsreise nach Ibiza und an die schönsten Strände der Insel.
Lillie und Richie hatten sich zwischenzeitlich problemlos, weil unentgeltlich, für die nächsten sechs Wochen beurlauben lassen.

Lillies Aufgabe war es nun, auszusuchen, welche Utensilien mit auf die große Reise gingen, aber auch wirklich gebraucht wurden, um nicht unnötiges Gepäck mitzuschleppen. Kleidung und Schuhe war klar, Handtücher, Toilettenartikel, Schlafsachen, Reiseapotheke ebenso, und einige gewöhnliche Lebensmittel.

Rund um das Wohnmobil und seine Fahrtüchtigkeit und ebenso um eine gründliche Inspektion, kümmerten sich in den nächsten Tagen Richie und sein Freund Thomas in deren Autowerkstatt. Letztendlich war eine gute Organisation die Grundvoraussetzung für so eine extravagante, nicht alltägliche Reise.

»Mitten in unserem Winter, freue ich mich ungemein auf die wärmende Sonne Spaniens, wobei auch unser Winter und die Dunkelheit natürlicher Bestandteil des Lebenskreislaufs sind. Für Mensch und Tier ist es die Zeit, die Aktivitäten etwas herunterzuschrauben, sich zu besinnen und die Seele baumeln zu lassen. Ja, ich liebe diese Zeit genauso, wie ich den aktiven Sommer liebe. Unsere vier Jahreszeiten sind schön. Eben alles zu seiner Zeit«, merkte Lillie an.

Für Richie war die bevorstehende Reise nach Ibiza von großer Bedeutung. Ohne Wenn und Aber wollte er frei und losgelöst mit allen Sinnen, der menschlichen, kostbaren Liebe, grenzenlosen Vorrang gewähren.

Richie sinnierte, angelehnt am Küchenbuffet, mit einer Tasse Tee in der Hand. Ihm fielen wieder diese Zeilen aus dem Buch *Die Möwe Jonathan* ein. Es war ewig her, dass er es gelesen hatte, aber diese wenigen Zeilen hatte er nie vergessen … *Die meisten Möwen begnügen sich mit den einfachsten Grundbegriffen des Fliegens, sind zufrieden, von der Küste zum Futter und zurück zu kommen. Ihnen geht es nicht um die Kunst des Fliegens, sondern um das Futter. Jonathan aber war das Fressen unwichtig, er wollte fliegen, liebte es mehr als alles andere auf der Welt.* So ging es ihm. Er liebte Lillie mehr als alles andere.

»Ja, so ist es ... unsere Jahreszeiten haben viel schönes, und doch freue ich mich so sehr auf diesen Trip – damit machen wir unseren Jugendtraum ein für alle Mal wahr«, sagte er mit verträumtem Blick.

»Absolut! Und wenn mir das vor vier Wochen jemand gesagt hätte ... den hätte ich auf der Stelle für verrückt erklärt, und jetzt steigt stündlich mein Reisefieber", antwortete Lillie voller Vorfreude darauf.

Für Richie war es an der Zeit, sich in die Autowerkstatt aufzumachen. Der Nachmittag war damit verplant, das Wohnmobil nach und nach, auch mit Hilfe von Thomas, für die anstehende Reise flott zu machen. Und am Abend hatte die Band die erste von zwei Musikproben diese Woche, denn schon am Freitagabend stand, nach monatelanger Pause, endlich wieder ein Konzert an.

»Es kann spät werden, richtig spät sogar. Ich schätze mal, es kann locker 23 Uhr werden ...«, sagte Richie.

»Hey, mir fällt da gerade etwas ein ... wie wäre es, wenn ich heute Abend mal kurz bei euch vorbei schaue? Ich habe später vor, Sonja einen Besuch abzustatten. Wir beide haben uns kurzentschlossen verabredet und Sonja

wohnt ja quasi schräg gegenüber der Enztalhalle«, erklärte Lillie.

»Klar. Das passt! Du musst allerdings den
Hintereingang nehmen, vorne, der Hauptein-
gang ist geschlossen.«

∞

Thomas stand der Schweiß auf der Stirn,
heute war nicht sein Tag. Es war einfach zu
viel los und es ging drunter und drüber.

»Typisch Montag. Hunz und Kunz fällt es
heute ein, nach ihren Karossen schauen zu lassen. Liegt wahrscheinlich auch daran, dass
viele noch Weihnachtsurlaub haben. Anders
kann ich mir das nicht erklären", sagte Thomas
zu Richie. »Wenn das so weiter geht, kann ich
dir heute leider keine große Hilfe sein.«

»Alles gut, mach dir keinen Stress ...«, beru-
higte ihn Richie.

Allerdings war Richie inzwischen an
Thomas eine dezente Alkoholfahne aufgefallen. Mit seiner Feststellung hielt sich Richie
allerdings diskret zurück. Wahrscheinlich hatte Thomas am Wochenende es mal wieder or-
dentlich krachen lassen. Wie auch immer,
Richie kannte seinen Freund Thomas sehr gut
und wusste, dies brachte seinem Arbeitswillen
trotzdem keinen Nachteil.

»Im Endeffekt sind nur noch Kleinigkeiten zu tun. Den Reifendruck checken, den Wassertank füllen und der Auspuff ... der ist zwar nicht mehr der neueste, aber die nächsten fünftausend Kilometer dürften kein Problem für ihn sein. Aber Obacht! Ganz wichtig wäre, den Tank zu füllen«, sagte Thomas schalkhaft zu seinem Kumpel.

Nachdem Richie in der Werkstatt für heute fertig war, ging er vor der Musikprobe noch kurz zu sich nach Hause.

Im Haus war niemand, auch nicht Mark. Umgehend hatte er wieder dieses Gefühl, hier fehl am Platz und nicht mehr an der richtigen Stelle zu sein. Allzu lange konnte es nicht mehr dauern, bis er ganz und gar bei Lillie wohnen würde. Jedenfalls hatten Lillie und Richie bereits darüber gesprochen und gerade Lillie war es, die diesen Schritt vorgeschlagen hatte.

∞

Beide Frauen tranken Cappuccino und saßen auf dem gemütlichen anthrazitfarbenen Sofa in Sonjas Wohnzimmer. Zum vierten Male versuchte Lillie Sonja beizubringen, wie man eine Sockenferse strickt. Doch Sonja's Versuche scheiterten jedes Mal ausnahmslos. Dabei war die Bummerangferse so einfach zu stricken.

»Ach Lillie, ich glaube, ich gebe es langsam auf«, sagte Sonja gefrustet ... »Ich glaube, ich bin echt zu blöd dafür.«
Lillie musste augenblicklich lachen.

»Nein, bist du nicht. Du musst nur die Ferse ein paar Mal hintereinander stricken, so, dass du Routine bekommst. Lege die Stricknadeln nicht gleich wieder zu Seite. Was hat man uns früher beigebracht? ... Übung macht den Meister!«, gab Lillie ihr den Ratschlag.

Gut zwei Stunden lang saßen die Freundinnen zusammen und plauderten über dies und jenes, auch über zeitgemäße Themen.
Solche Stunden waren immer *Sternstunden*, wie Sonja es nannte.
Beide wussten ihre Freundschaft zu schätzen, dafür nahmen sie sich in regelmäßigen Abständen auch ausreichend Zeit.

»So, nun gehe ich noch kurz einmal quer über die Straße ... rüber zur Enztalhalle. Die Band hat Musikprobe. Am Freitag ist ja schon das Konzert, und bevor ich von dir nach Hause gehe, hab ich versprochen, kurz noch vorbeizuschauen«, sagte Lillie.

»Bin mal gespannt, ob die vier es noch drauf haben, ich war ja schon ewig auf keinem Konzert der *Butterflies*«, antwortete Sonja.

»Also dann – bis Freitag!«

»Bis Freitag! Ich freu mich.«

∞

Schon vom Parkplatz aus hörte Lillie die Musik und mit jedem Schritt, den sie näher an den Hintereingang kam, erkannte sie auch das Lied.

Leise öffnete sie die Tür und ging noch leiser in die wenig beleuchtete Halle. Ganz langsam und unbemerkt, ging sie an der Wand entlang, einige Schritte in Richtung Bühne und blieb etwa in der Mitte der Halle stehen.

Lillie bekam am ganzen Körper Gänsehaut. Wie elektrisiert tanzte sie sanft zur Melodie. Sie blickte fortwährend zur Bühne. Die kräftige Bühnenbeleuchtung erforderte durchaus kein weiteres Licht. Noch hatte sie niemand gesehen. Lillie bewegte ihre Lippen und sang unhörbar jedes Wort mit ... *Woman, take me in your arms, rock your baby ... woman, take me in your arms, rock your baby ...*

Dieser erotische Song war ein weiterer unvergesslicher Welthit aus ihrer Jugendzeit. Sie liebte diesen Song seit dieser Zeit. Er weckte viel mehr, als tolle Erinnerungen, und Richies Interpretation war mindestens genauso sexy, wie das Original.

Nur etwa zwei Minuten später war es Gerry, der als erster Lillie sah und den anderen mit dem Kopf ein Zeichen in Richtung Lillie gab. Nachdem der Song zu Ende gespielt war, legte die Band eine kurze Pause ein.

»Hi Lillie«, begrüßte sie Gerry. Zuvor war er lässig, wie ein junger Kerl, mit einem Sprung von der Bühne gesprungen. Er blieb einen Moment vor ihr stehen ... blieb stumm und schaute ihr mit einem melancholischen Lächeln in die Augen.

»Hallo Gerry, hab dich lange nicht gesehen ... Gut schaust du aus«, antwortete ihm Lillie etwas reserviert und lief dann Richie entgegen. Den anderen Bandmitglieder winkte Lillie in Richtung Bühne zu.

Richie nahm Lillie in seine Arme und gab ihr einen langen zärtlichen Kuss, so, dass sie kaum Gelegenheit hatte, etwas zu sagen. Sie zog ihn noch fester in ihre Arme und atmete seinen vertrauten, maskulinen Duft ein.

»Ich liebe dich über alles«, flüsterte er dicht an ihre Lippen.

»Ich liebe dich mehr«, hauchte sie.

»Na, ist das gute Musik! Oder ist das richtig gute Musik?«, fragte Richie euphorisch.

»Das ist hammermäßige! Megamäßige! gute Musik! Es hört und fühlt sich toll an! Ich bleibe noch einen Song, wenn's erlaubt ist, ich will euch nicht stören ... und, ich warte später auf dich ...«, sagte Lillie immer lauter werdend, da Richie schon wieder zurück zur Bühne gehen musste.

Lillie blieb noch zwei weitere Songs, lauschte und genoss jede Sekunde dieser vertrauten, wie berührenden Musik.

Tag 16
Dienstag, 8. Januar

Mit einem einzigen Wort ließ sich ihre Alltagsbeschäftigung während der ersten fünfzehn Tage beschreiben: Zweisamkeit!
Den lieben langen Tag waren ihre Gedanken darauf konzentriert, dass sie so wenig als nötig getrennt waren. Nie hätten sie geglaubt, dass sich das Verliebtsein auch im reifen Alter noch genauso prickelnd anfühlt, wie mit sechzehn. Geschweige denn, dass ihre Liebe ihnen auf diese Art und Weise noch einmal begegnen wird.

Wann immer es ging, feierten sie bewusst das Leben, liebten sich hingebungsvoll, auch deshalb ganz bewusst, weil beide die traurigen Momente des Lebens kannten.

Er wachte auf, weil ihm die Sonne ins Gesicht schien. Er dehnte sich, streckte die Arme und gähnte. Dann setzte er sich mit einem Schwung auf. Lillie saß vor dem Frisierspiegel und kämmte sich die dunklen Haare.

»Ich und du. Es ist kein Traum! Ich träume nicht«, sagte er noch verschlafen mit leicht heißer Stimme.

»Guten Morgen, mein Rockstar! So ist es. So ist es«, wiederholte sie."

»Es gibt nur ein Glück im Leben – lieben und geliebt zu werden. Was auch immer noch kommt, ich habe keine Angst davor. Ich habe dich wieder! Ein Leben mit dir war mein Wunsch. Dass dies noch Wirklichkeit werden würde, daran war nicht mehr zu glauben. Nun geht es immer weiter ... weiter und weiter.« Nun waren es Richies Worte – die wie schönste Poesie klangen.

»Ja«, hauchte sie beeindruckt.

Lillie stand auf, streifte ihren Morgenmantel von der Schulter und kam zu ihm ans Bett. Er küsste sie auf die Stirn, nahm ihre rechte Hand und zog sie sanft zu sich ins Bett. Sie spürte sofort dieses warme Gefühl.

»Du meine Güte und ich dachte lange Zeit die Hormone sind aus meinem Körper. Doch seit wir wieder zusammen sind ...«, schmunzelte Lillie und ließ ihren Gefühlen weiter freien Lauf.

Er küsste sie sanft auf den Mund, so, dass sie augenblicklich nichts mehr sagen konnte. Sie wollte auch nichts sagen. Sie gab sich seinen Liebkosungen hemmungslos hin. Sie spürte, wie die Muskeln seiner Beine sich unter ihren Händen anspannten und das Liebesspiel mehr und mehr zu glühen begann ... bis der Gipfel für beide erreicht war.

Etwas erschöpft aber glücksselig flüsterte er:

»Ich habe heute überhaupt nicht das Bedürfnis irgend jemandem zu begegnen. Einzig mit dir will ich den ganzen Tag und die ganze Nacht verbringen ... nur mit dir alleine sein. Bitte... mach uns dieses Geschenk«, hauchte Richie schon fast mit flehendem Gesichtsausdruck.

Nein, dazu musste er sie nicht überreden. Sie lächelte sanft und stimmte umgehend zu.

»Ja. Es ist das Beste, was wir heute für uns tun können ... Viele Menschen erleben so eine Liebe, wie die unsere, ihr ganzes Leben nicht. Wie dankbar ich bin!«

Zufrieden lehnte sie ihren Kopf an seine Schulter.

»Dass man mitten am Tag im Bett liegt, an nichts denkt, nichts vermisst, nichts anderes will und braucht, weil das, was man wirklich braucht bei einem ist, macht alles andere unwichtig«, flüsterte Richie.

Beiden war bewusst, es waren Stunden von denen man sich wünscht, sie gingen nie vorbei, und doch weiß man, alles geht im Leben einmal vorbei, alles hat mal ein Ende so wie es einen Anfang hat. Deswegen war heute alles andere einfach unwichtig gewesen und darum schafften sie es auch, sich den ganzen Tag im Pyjama wohl zu fühlen.

Am frühen Nachmittag nahm Lillie ein Bad. Im Anschluss daran wollte Richie Lillie mit einem perfekten Brunch überraschen. Also hatte er währenddessen in der Küche alles dafür vorbereitet.
Auf dem Esszimmertisch verteilt, hatte Richie so viele verschiedenste Lebensmittel platziert, die locker für weitere vier Personen ausge-reicht hätten.
Sie fühlten sich wie Gott in Frankreich und zelebrierten in aller Ruhe genüsslich diese Mahlzeit. Im währenden sprachen sie immerzu über ihre Zukunft. Und natürlich kreisten Lil-lies Gedanken, bei so viel Romantik und Zwei-samkeit, erneut um poetische Worte, die sie diesmal nicht notierte, sondern ihm sanft zu-flüsterte ...

Ich und Du
Wenn das Ich
„ich" sagt,
muss es auch „du" sagen.
Was dann bedeutet –
Alles zu haben.

Keine Minute war ihnen langweilig. Sie hatten auch nicht das Bedürfnis das Radio einzuschalten, geschweige das Fernsehgerät. Auch ihre Handys lagen ohne Beachtung auf dem Wohnzimmertisch.

Ein Tag ohne äußere Einflüsse war wie ein Tag im Paradies, und am Ende des Abends dann, war es die leichteste Übung für gute Musik zu sorgen.

Lillie ging zum Regal ihrer Schallplattensammlung und nahm eine Langspielplatte auf der stand *The Greatest Soul Hits of All Time* aus der Hülle und legte die Vinylscheibe vorsichtig auf den Plattenteller ...

Richie lächelte. Er wusste, jetzt war es wieder soweit. Es war der Moment, den sie, seit sie wieder ein Paar waren, jeden Abend zu einem wunderbaren Ritual haben werden lassen – und es für den Rest ihres Lebens tun würden. Der Song hatte bereits begonnen. Nicht mit der langsamen Melodie. Diesmal mit einem emotionalen Seufzer, einer der legendärsten Sängerinnen überhaupt ... *I`m So Hurt, to think that you lied to me, I`m hurt, way down deep inside of me ...*

Ihre Welt bestand nun endgültig nur noch aus zwei Personen. Es war die Erfüllung, die Erfüllung ihrer langen, leidenschaftlichen Liebe.

Tag 17
Mittwoch, 9. Januar

In der Enztalhalle wurde auch noch am frühen Abend darüber gerätselt, warum in der Halle am Vormittag der gesamte Strom ausgefallen war. Auch der Hausmeister, Herr Petermann hatte dazu, außer einer Vermutung, noch keinerlei Erkenntnisse oder Informationen.

Die Bandmitglieder waren jedenfalls froh, dass das Problem wieder behoben war und sie sich optimal auf ihren Auftritt vorbereiten konnten, schließlich war es heute die Generalprobe. Dazu gehörte zunächst der Bühnenaufbau.

Hausmeister Petermann hatte sich freundlicherweise darum gekümmert, hierfür, quasi zur tatkräftigen Unterstützung, einige fleißige Jungs des Enztal-Gymnasiums Wildbad zu gewinnen. Als Belohnung gab es im Anschluss für alle Helfer ein deftiges Vesper und Freikarten fürs Konzert.

Auch Richies alleinstehender Vater, Arthur Reichenbach, war mit seinen neunundsiebzig Jahren noch ziemlich rüstig und stets als Helfer mit am Start, wenn die Band einen Auftritt hatte. Seit die Band existierte, war Richies Vater mit Rat und Tat stets behilflich, so wie auch dieses Mal.

Arthur Reichenbach war lange Zeit selbst Musiker. Er war bis zu seinem fünfundsiebzigsten Geburtstag, fünf Jahrzehnte, begeisterter Schlagzeuger beim Musikverein Wildbad. Für ihn waren Musik-Konzerte, gleich welcher Art, immer ein schönes Erlebnis und Abenteuer zugleich, und seit er verwitwet war, sowieso.

Auch die Partnerinnen der Musiker, mit einer Ausnahme, wollten sich die Generalprobe nicht entgehen lassen und warteten schon gespannt, dass es losging. Gerry war derzeit ohne Partnerin und gerade zum zweiten Mal glücklich geschieden, doch insgeheim wünschte er sich eine neue Liebe.

One-two-three-four... Richie begann mit einem Gitarren-Intro zu *Maggie Mae* ... jetzt hämmerte Charlie den rhythmischen Takt auf seinem Schlagzeug, dann setzte der Gesangpart ein und Richies Stimme klang wie eh und je, unverändert fesselnd.

Die Band, die bereits im gesamten süddeutschen Raum aufgetreten war, verfügte über ein breitgefächertes Song-Repertoire von über 200 Titeln meist aus den 1970er und 1980er

Jahren, die meisten echte Pop- und Rockklassiker.

»Hallo Lillie! Schön dass du auch da bist«, begrüßte Arthur Reichenbach Lillie überschwänglich und nahm sie in den Arm.

»Arthur! Hach … ist das schön, dass wir uns endlich sehen. Du hast dich ja kaum verändert! Echt super, dass du auch heute hier bist!«, antwortete Lillie freudestrahlend.

Als früherer Stammgast in der „Linde" kannte der charismatische Rentner Lillie schon von Kindheitstagen an und andersherum. Über die Jahre war man sich im Ort hier und da immer mal wieder begegnet, doch das letzte Mal lag schon einige Zeit zurück. Und seit Lillie und Richie wieder zusammen waren, war es heute das erste Mal.

»Ich freu mich sehr für euch zwei! Es war kaum zu glauben, als Richie mir von euch erzählte. Eine echte Freude. Das Leben birgt viele Umwege, nicht wahr … Doch die Kunst darin besteht, niemals den Blick für die kleinen Abenteuer zu verlieren. Haltet dieses Glück fest«, sagte Arthur wohlmeinend.

»Danke für deine guten Worte Arthur. Ja, wir schätzen dieses Glück sehr … und sind dankbar, wirklich dankbar dafür. Dankbar auch, nicht mehr allein sein zu müssen«, sagte Lillie besinnlich.

»Macht jeden Tag zu eurem schönsten Tag, aber ich bin mir sicher, ihr macht das schon richtig. Oh ja, allein sein ist schrecklich. Und ehrlich gesagt, am liebsten hätte ich auch nochmal gerne eine nette Partnerin. Aber in meinem Alter ist das etwas komplizierter«, antwortete Arthur.

Die offenherzige Unterhaltung der beiden ging noch einige Minuten weiter, dann machte die Band eine Pause.

Noch während der Pause begrüßte Anna, die Ehefrau von Chris, am Eingang einen Schülerchor.

Da für das bevorstehende Konzert als Überraschung eine Showeinlage geplant war, musste nun alles Weitere unter Ausschluss der Öffentlichkeit stattfinden.

Die Bandmitglieder und der Chor saßen bereits gemeinsam an einem Tisch, um Details zu besprechen. Anna gab jedem Schüler ein Blatt Papier, auf dem ein Songtext stand. Doch um jetzt weiter arbeiten zu können, mussten zuerst alle Anwesenden die Generalprobe verlassen.

»Liebe Freunde und Zuschauer unserer Musikprobe ... – begann Richie überraschend ins Mikrofon zu sprechen ... Wir planen für unseren Auftritt am Samstag etwas ganz Besonderes und aufgrund dessen, müssen wir nun darum bitten, dass alle Zuschauer die Halle verlassen.

Bitte, versteht uns nicht falsch ... aber alles soll bis dahin unbedingt *Top Secret* bleiben. Sicherlich habt ihr dafür Verständnis. Lasst euch einfach alle überraschen. Wir versprechen euch, es wird sich lohnen.«
Die Zuschauer wären gerne geblieben, zeigten aber volles Verständnis dafür und verließen allesamt die Halle. Natürlich ging im Anschluss das Rätselraten los, was die Konzertbesucher wohl in zwei Tagen erwarten wird?

Der Refrain beinhaltete nur einen einzigen Satz und war deshalb für den Schülerchor eine leichte Übung. Die Textzeile saß bereits nach wenigen Wiederholungen perfekt.
Die meisten Schüler entwickelten echtes Lampenfieber und konnten ihren großen Auftritt kaum mehr abwarten, dieser war am Freitag für etwa 21.30 Uhr geplant.

∞

Lillie war auf dem Sofa eingeschlafen.

Seine Vermutung am Nachmittag traf ein. Es war spät geworden.

Für Richie war es so enorm schön, nach Hause zu kommen, wenn da jemand war, der sehnsüchtig auf einen wartete. Das Display auf dem Handy zeigte achtzehn Minuten vor Mitternacht an.

»Ich bin da«, flüsterte er.

Richie küsste sie vorsichtig auf die Wange. Erst jetzt sah er, dass auf dem Tisch eine Nachricht für ihn stand. Er nahm das Blatt Papier und las die Nachricht die darauf stand:

Dich sehen

Dich sehen
War mir zu wenig. Ich vermisste dich!
Hässlich, Grausam war diese Qual:
Dir zu widerstehn,
ohne dich zu leben,
ohne kaputt zu gehen.
Mich gibt es wieder, du –
liebst mich wieder.
Am Morgen wie am Abend,
so wie früher,
vielleicht sogar noch mehr.

Als Lillie erwachte und die Augen öffnete, hörte sie im Hintergrund Musik, die aus Richies Handy kam.

»Danke für deine wunderschöne Liebeserklärung ... Das Tanzen lassen wir heute ausnahmsweise ausfallen«, hauchte er, nahm Lillie in seine Arme und küsste sie erneut. So müde er jetzt auch selbst war, umso glücklicher war er nun, bei Lillie zu sein. Er konnte nicht anders und stellte die Musik etwas lauter.

Zur Melodie sprach leise eine markante Stimme, die zu einem der schönsten Liebeslieder aller Zeiten gehörte. Ein Lied, das sie an einen bestimmten Tag in ihrem Leben erinnerte ...*Nobody but you and me ... We've got it together baby ... Ahh, the first, my last, my everything And the answer to all my dreams ...* und während der Song lief, schauten sie sich unaufhörlich in die Augen, sangen mit, oder küssten sich.

Auch, als der Song längst zu Ende war, wollten sie sich nicht voneinander lösen. Warum auch.

Tag 18
Donnerstag, 10. Januar

Drei Wochen war er nicht gelaufen.
Also war es höchste Zeit, wieder etwas für die Fitness zu tun, und laufen kann man am besten allein, das fand auch Lillie in Ordnung.

»Hast du es eigentlich je bereut, kein Fußballprofi geworden zu sein«, fragte ihn Lillie. Erst jetzt kam ihr wieder in den Sinn, dass Richie sehr wohl auch eine sportliche Seite hatte.
Außer, dass Lillie gerne wandern oder schwimmen ging, hatte sie mit Sport wenig am Hut. Allerdings spielte sie am Profi-Tischkicker so gut wie jeden an die Wand. Schließlich war sie mit einem Tischkicker groß geworden. Der Tischkicker stand damals, wie der Flipper und die Musikbox, im Nebenzimmer. Und wer jemals gegen Lillie antrat, war der- oder diejenige auch noch so gut, verlor das Spiel.
Bis dato hatte sie nicht mehr als fünf Spiele am Tischkicker verloren, und noch immer, egal wann und wo sie einem Tischkicker begegnete, fordert Lillie euphorisch das Match. Wer dann als Gegenspieler fungierte, ob ein Er oder eine

Sie, war ganz einerlei, denn am Ende hieß die Gewinnerin zu 99,9%, Lillie Berret.

Richie musste lachen ... »Nein, ich habe es tatsächlich nie bereut. Ich habe mich auch kein einziges Mal gefragt, was wäre wohl gewesen, wenn ... Man bekommt ja doch keine Antwort darauf. Also lass ich es sein. Alles ist gut so wie es ist.«

»Stimmt. Und ja, alles ist gut so, wie es ist«, sagte Lillie.

»In knapp einer Stunde bin ich wieder da«, sagte Richie und küsste Lillie vier, fünfmal hintereinander auf ihren Mund.

Also zog Richie seinen Trainingsanzug an und startete zum Frühsport. Einst hatte Richie in seiner Jugend in Stuttgart beim VfB gekickt, eine Zeitlang sah es tatsächlich so aus, als würde sein Plan, ein Fußballprofi zu werden, Wirklichkeit. Doch dann kam der Tag, als er zum ersten Mal in seinem Leben eine große Entscheidung treffen musste.

So hochtalentiert er auch war und vielleicht die große weite Welt lockte, für Richie allerdings ein eher unwichtiger Hintergrund. Er lebte gerne in seinem Heimatort Wildbad und konnte sich nur schwer vorstellen, diesen zu verlassen. Jedoch der Hauptgrund, die Kickstiefel an den Nagel zu hängen, bot ihm sein zukünftiger Arbeitgeber. Der ultimative berufliche Aufstieg kam damals unverhofft und schnell, dazu bot er ihm eine langfristige, sichere Basis. Das hatte er freilich nicht ahnen können.

Manchmal schreibt das Leben eben Geschichten, die kann sich kein Prophet ausdenken. Das Schicksal eines Menschen ist so vielfältig wie die Stunden, die er lebt. Und wenn er zurückblickte, wusste er, dass er vieles richtig gemacht hatte. Das Wesentliche der Geschichte war die Wandlung, genau wie die Wandlung in diesen Tagen.

∞

»Es ist einladend kuschelig geworden«, freute sich Lillie.
»Nicht nur das, auch hübsch und super gemütlich«, bestätigte Richie.
Lillie hatte sich vorgenommen, den Wohnwagen aufzuhübschen und war deshalb mit zur Werkstatt gefahren. Sie hatte eigenhändig neue, rotkarierte Vorhänge und dazu passende Kissen genäht. Das kleine Heim auf Rädern war robust und ausreichend komfortabel ausgestattet. Es enthielt ein Doppelbett, einen dreiflammigen Butangasherd, einen Heizofen, einen Tisch samt Sitzecke, Kühlschrank und Lampen, die ebenfalls mit Butangas betrieben

wurden, ein chemisches WC, eine Vorratskammer und vor den Fenstern waren Insektengitter angebracht. Kurzum, es war alles drin und dran, was man brauchte.

Das Ausrüsten des Wohnmobils war eine angenehme Beschäftigung und die Vorfreude, dass ein langgehegter Wunsch nun in Erfüllung gehen würde, wurde jeden Tag größer. Dieses Erlebnis von Abenteuer und unendlicher Freiheit auf vier Rädern, stand nun unmittelbar bevor.

Kurzentschlossen, am frühen Nachmittag, starteten Lillie und Richie spontan eine kleine Testfahrt nach Talbachwalden.
Lillie startete das Wohnmobil und fuhr langsam an.

Aufmerksam und ohne Mühe steuerte Lillie das Wohnmobil zielsicher über die Schwarzwaldhochstraße durch idyllische Tannenwälder. Von Wildbad über Freudenstadt weiter nach Baden-Baden, ging es durch das Bühlertal nach Talbachwalden. Geradezu wie aus dem Bilderbuch erscheint einem dieser kleine malerische Ort. Ein Schwarzwalddorf, weit über die Grenzen hinaus, bekannt.
Hier hatten sie gezielt ein Ausflugslokal „Das Rabennest" angesteuert. Hier wollte Lillie jemanden überraschen.

Der Besitzer des urigen Lokals war Lillies Cousin, Philip Kirchner. Mit Frau und Tochter betrieb er, seit März 1998, das mehrfach, mit Preisen ausgezeichnete „Rabennest". Die damalige Idee, den alten Holzschuppen in eine Gastronomie umzubauen, hatte zunächst viel Anstrengung und Kraft gekostet. Doch schon bald entwickelte sich das Lokal zu einem echten Besuchermagnet. Aus einer ungewöhnlichen Idee wurde eine außergewöhnliche Lokalität. Durch viel Liebe zum Detail und Zusammentragen vieler landwirtschaftlicher Geräte und Kleinode, bot sich dem Besucher auf 400 qm eine Erlebnisgastronomie, die sich über zwei Etagen erstreckte und die Menschen aus nah und fern anlockte.

Lillies Überraschung war gelungen.
Weil das „Rabennest" zwischen 14.30 bis 17.30 Uhr Mittagspause hatte, kam der unangekündigte Besuch auch zu einem idealen Zeitpunkt.
Philip und Lillie hatten sich seit der Beerdigung seiner Mutter, Tante Helena, bald sieben Jahre nicht mehr gesehen und sich einiges zu erzählen.
»Lillie! Ach ... das ist der Wahnsinn! Dass du den Weg endlich mal wieder hierher gefunden hast!«, begrüßte Philip herzlich seine Cousine.

Aber nicht nur, dass man sich gegenseitig wieder auf den neuesten Stand brachte, Philip und seine Frau Barbara führten Lillie und Richie einmal durchs ganze Anwesen, auch rüber zur Schnapsbrennerei.

Auch die Schwarzwald-Schnapsbrennerei, die Philip damals von seinem Vater übernommen hatte, bedurfte irgendwann eine zeitgemäße Veränderung. Tatsächlich hatte Philip auch hier ein goldenes Händchen bewiesen, denn mittlerweile hatte er sich sehr erfolgreich auf einen einzigartigen Black-Wood-Whisky spezialisiert, der sich weltweit verkaufte.

Der Black-Wood-Keller befand sich direkt hinter dem „Rabennest". Hier lagerten die selbstgebrannten Schnäpse, Liköre, sowie der bekannte Black-Wood-Whisky. Eine gemütlich warme Kelleratmosphäre, mit außergewöhnlichen Sitzmöglichkeiten, lud hier zum Kosten und Genießen ein.

Zum Besuch gehörte natürlich auch ein gemeinsames landestypisches Vesper, das den Besuch hervorragend abrundete, bevor Lillie und Richie wieder zur Heimfahrt starteten.

Ohne Zeitdruck und absolut entspannt steuerte Richie das Wohnmobil durch die grünen Tannenwälder wieder zurück nach Wildbad.

Während der Heimfahrt hatten Lillie und Richie beschlossen, nachher zuhause *Die Brücken am Fluss* anzuschauen.
Sie hatten festgestellt, dass sie in all den Tagen, seit sie wieder ein Paar waren, sich noch keinen sehenswerten Film zusammen geschaut hatten.

Lillie besaß kaum ein dutzend Filme auf DVD, dafür hatte jede Verfilmung das *„Prädikat besonders wertvoll"*.

Zu fahren waren es höchstens noch fünfzehn Minuten. Während der Heimfahrt spielte das Radio allerlei unterhaltsame Musik, und weil dieser Tag ein Tag, so schön wie jeder gemeinsame Tag war, kam man wohl auf das Thema: Warum man sich damals eigentlich getrennt hatte?, obwohl die Liebe doch so groß war.

»Warum – warum ... lass uns das nicht mehr hinterfragen. Heute ist alles gut so wie es ist«, sagte Lillie, und ergänzte: »Wir waren zu jung, zumindest ich ... vor uns lag das Paradies und ich habe es nicht gemerkt. Jedenfalls wolltest du dich zu schnell binden... du wolltest mich am liebsten gleich heiraten. Ich war doch erst siebzehn... ich wollte doch noch   keine Fenster putzen, Socken stopfen und jeden Freitag staubsaugen ... es lag allein an mir. Alles, was ich wollte, war meine Freiheit nicht verlieren und ja, ein Freigeist, bin ich immer gewesen!«

Richie sah sie verständnisvoll an.

»Nichts, absolut nichts von dem, was uns geschieht, hätte anders sein können. Nicht einmal das unbedeutendste Detail, nichts was geschah, war ohne Sinn. Es gibt auch kein: Wenn ich das so oder so gemacht hätte... Nein. So wie es war, war es gut. Somit haben wir unsere Lektionen gelernt, um im Leben vorwärts zu kommen. Alle Situationen, die uns im Leben widerfahren, lehren uns etwas. Auch, wenn unser Verstand sich unserem Ego widersetzen und es nicht akzeptieren will. Jeder Moment, in dem etwas beginnt, ist dafür der richtige Moment. Alles beginnt genau im richtigen Moment, nicht früher und nicht später. Wenn wir dafür bereit sind, damit etwas Neues in unserem Leben geschieht, ist es bereits da, um zu beginnen... und wenn etwas in unserem Leben endet, dient es unserer Entwicklung. *Das einzig Wichtige im Leben sind die Spuren von Liebe, die wir hinterlassen, wenn wir Abschied nehmen.«*

Lillie hatte ihm sehr aufmerksam zugehört.

»Ja«, antwortete sie knapp und nickte ihm zu. Seine Worte waren wie Balsam für die Seele, sie klangen fast schon philosophisch. »Ja«, wiederholte sie leise.

Im nächsten Moment begann im Radio ein bestimmtes Lied. Lillie erkannte es am allersten Akkord, weil sie es schon tausende Male gehört hatte. Es war wieder mal ein toller Song aus ihrer Jugendzeit. Schnell drehte Lillie die Musik lauter. In null Komma nichts verflog die nachdenkliche Stimmung. Typisch Musik. Sie allein schaffte es, von einer zur nächsten Sekunde, eine frohe Stimmung zu zaubern.
Dieses wunderschöne Gitarrenintro am Anfang, war so fabelhaft melodisch ... Und noch bevor Lillie zu singen begann, kam ihr Richie zuvor ... *If never i meet you, i`d never have seen you cry, if not for our first hello ...* unwillkürlich sangen sie euphorisch und laut, zusammen diesen Song bis zum letzten Wort.

Tag 19
Freitag, 11. Januar

Vielleicht hatten die Ordner einfach nicht mit einem derartigen Andrang gerechnet. Aber, als eine Stunde vor Konzertbeginn der Einlass geöffnet wurde, war schnell klar, dass die Enztalhalle heute ein volles Haus sein wird. Dies bedeutete in etwa tausend Konzertbesucher.

Noch alberten die Bandmitglieder unaufgeregt in ihrer gemeinsamen Garderobe und doch stieg nun nach einer mehrmonatigen Auftrittspause, langsam aber sicher, die Anspannung. Im Raum nebenan ging es geräuschvoller und fieberhafter zu. Hier hatte sich schon früher als abgemacht, der gesamte Schülerchor versammelt.

Eigentlich wollte auch Lillie schon da sein, doch im Gegensatz zu den anderen Partnerinnen der Bandmitglieder, war Lillie noch immer zuhause.

Überraschenderweise bekam Lillie zuhause spontanen Besuch von Celine und Soraya. Soraya, die seit der Gründung ihrer Mädchenband *Die Germany Girls* in Sachen Musik nun selbst in Feuer und Flamme stand, wollte unbedingt mit zum Konzert *Der Butterflies*.

Nachdem Soraya von ihrer Mutter am Nachmittag erfahren hatte, dass Lillie heute Abend
zum Konzert ging, wollte sie partout dabei
sein. Sie wusste, Lillie würde sie mitnehmen
und es war auch nicht das erste gemeinsame
Konzert, das sie besuchten. Zweifelsfrei – für
Lillie war es eine Ehre, dass ihre Enkeltochter
sie zu einem Konzert begleitete.

»Super, dass du mitgehst! Dann schläfst du
heute wieder bei mir ... dann ist es auch egal,
wie spät es wird und das wird es sicher ... doch
so langsam sollten wir uns beeilen ... in gut
einer halben Stunde geht es los«, strahlte Lillie,
dabei war es Lillie selbst, die noch nicht startklar war.

Lillies Vorfreude auf das Konzert steigerte
sich von Minute zu Minute. Jetzt überkam sie
sogar eine Aufgeregtheit. Eine Aufgeregtheit,
die nur ganz selten bei ihr vorkam. Einen kurzen Augenblick stand sie fast schon unsicher
vor ihrem Kleiderschrank. Doch schnell war
klar, welche Kleidung sie wählte. Wenn es zu
einem Konzert dieser Art ging, musste es
rockig sein, schließlich hatte sie, weiß Gott,
schon viele in ihrem Leben besucht.
Also musste es auf alle Fälle die schwarze Le-
derjacke und die alten Blue-Jeans sein, dazu

ein schwarzes Longshirt, ein schmaler Glitzer-schal, die kleine Hippie-Umhängetasche mit Fransen und natürlich die schwarzen Leder-stiefeletten im Bikerstil.

Lillie verstand es hervorragend in ihr Gesicht mit einem zarten Make up einen natürlichen und frischen Ausdruck zu zaubern. Heute Abend jedoch, durfte das Make up gerne etwas kräftiger sein.

Selbstverständlich durften auch ein paar Tropfen ihres eigen kreierten Naturparfums, dem sie den klangvollen Namen: *„Lillie's Symphonie"* gab, nicht fehlen. Ein Unikat von einem Naturparfum aus 100% natürlichen Rohstof-fen, das sie erst diesen Sommer aus den vielen Edelduftrosenblüten aus ihrem Garten, eigen-händig hergestellt hatte. Es war ein kleiner Traum, den Lillie sich erfüllen wollte, nachdem sie im Sommer, zwei Jahre zuvor, in Grasse an einem Sommercamp für Parfümerie teilge-nommen hatte. So war ein maßgeschneiderter Duft voller Weiblichkeit mit modernem und elegantem Charakter entstanden. Ein Duft, welcher gute Chancen hatte, eine Parfumle-gende zu werden. Tatsächlich verführte Lillies Parfum perfekt mit einer unwiderstehlichen Anziehungskraft, abgerundet unter anderem durch samtige Vanille, arabischem Jasmin,

Sandelholz und sanfter Tonkabohne – alles zusammen ergab eine einzigartige Textur.

„Lillie's Symphonie" sollte man sich vielleicht merken, denn wer weiß schon, was sich daraus noch entwickeln kann ...« sagte Lillie zu sich selbst. Jedoch mehr spaßeshalber als ernsthaft, während sie jeweils mit zwei Sprühstoßen, einmal links und einmal rechts, ihren Duft übers Haar sprühte.

Ihre Prognose allerdings war gar nicht soweit hergeholt, denn in der Tat, wann immer sie ihre eigene Duft-Komposition an sich trug, wurde sie prompt nach dem Namen des Parfüms gefragt. Anfangs wunderte sie sich noch darüber, doch mittlerweile hatte sich Lillie daran gewöhnt.

∞

Unverfälscht traten sie an!

Vom ersten Ton an war es die pure Echtheit der *Butterflies* – die das Publikum begeisterte. Selbst wer sie noch nie gehört hatte, hörte wie umwerfend gut und vollkommen präsent die Musiker sich darboten.

Die Besucher der gänzlich gefüllten Halle bekamen sogleich, durch die Bank, phantastische Musik präsentiert.

Hit um Hit spielte die Band, gekonnt meisterhaft, eine abwechslungsreiche Mischung aus kultigen Pop/Rocksongs, die vom ersten Moment eine stimmungsvolle Konzertatmosphäre zauberten.

Für Lillie und Soraya bedurfte es eine Portion Hartnäckigkeit, bis vor an die erste Reihe direkt vor die Bühne zu kommen. Beide begrüßten, bis sie vorne angekommen waren, immer wieder befreundete und bekannte Gesichter aus Wildbad.

Gerade, als die Band ihren zweiten Song anspielte, entdeckte Richie Lillie und Soraya. Jetzt fiel ihm ein riesengroßer Stein vom Herzen und er lächelte erleichtert in ihre Richtung. Lillie blickte gleichfalls zu ihm auf die Bühne und gab ihm per Hand ein kurzes Zeichen.

Bevor es in die Pause ging, spielte die Band noch zwei Songs. Als nächsten Song den alten Ohrwurm von Sam Cooke *Wonderful World* … und in der Halle gab es niemanden, der diesen Song nicht mitsang.

»Was für ein Publikum! Hier geht mal so richtig die Post ab! Danke … Dankeschön! Ihr Lieben, ich hab euch etwas Wunderbares zu verkünden … denn es kommt gleich noch besser!«, begann Richie seine Durchsage und hielt das Mikrofon in seiner rechten Hand.

Im selben Moment betraten rund zwei dutzend Schüler, Mädchen und Jungen die Bühne, und stellten sich in die Mitte.

Richies Blick ging zu Lillie. Er nickte und zwinkerte ihr lächelnd zu.

Lillie spürte zwar, dass er ihr damit irgendetwas mitteilen wollte, doch sie konnte nicht einschätzen, was.

»Wie ihr wisst, sind wir als Band weit und breit auch ebenso bekannt dafür, besondere Musikwünsche zu erfüllen ... Und, natürlich liegt uns das auch heute Abend sehr am Herzen. Wir wollen heute eine weibliche Person überraschen, und ihr einen echten Kindheitswunsch erfüllen. Diese Person ist eine tolle Frau! Und ... sie hat buchstäblich Musik im Blut, doch bis heute hatte sie leider nie die Gelegenheit dazu, dies zu zeigen. Wohlbemerkt bis heute ... denn das könnte sich ab heute ändern! Liebste Lillie ... bitte komm zu uns auf die Bühne, denn du bist diese Person, die heute endlich vor großem Publikum singen darf und uns verzaubern wird.«

Ohne Worte und mit großen Augen schaute Lillie Soraya an, und Soraya schaute Lillie an. »Omi ... Schnell geh auf die Bühne! Mach sie alle sprachlos! Das ist jetzt deine Bühne«, sagte

Soraya aufgeregt zu ihrer Oma, die ihr so viel bedeutete. Soraya bekam vor Freude feuchte Augen.

Dann ging Lillie mit sicheren Schritten selbstbewusst in Richtung Bühne. Richie begrüßte sie mit einem hauchzarten Kuss auf die Wange. Das Publikum applaudierte. Die anderen Bandmitglieder lächelten ihr zu und machten mit ihren Händen die Geste, dass sie ihr die Daumen drücken.

»Liebe Musikfreunde ... Bitte seit nicht sparsam mit einem kräftigen Applaus für Lillie Berret! ... Lillie ist als echte Wildbaderin und Wirtstochter für viele keine Unbekannte, aber, dass sie auch toll singen kann, das wusste bisher nur ich ... und das Lied, das sie für uns singen wird, ist ein wunderschönes«, kündigte Richie entflammt und charmant seine Lillie an und ging zum Bühnenrand.

Die Musik setzte ein, und Lillie hatte keine Sekunde Zeit, Lampenfieber zu haben. Dann fing sie zu singen an ... *Ich glaub an die Liebe, Liebe und Musik ...* Sie sang dieses wunderbare Lied, als hätte sie es schon tausendmal gesungen. Das hatte sie auch, aber nie auf einer Bühne. Sie kam, sang und siegte! Ihre rauchige Timbre Stimme begeisterte durch die warme

Klangfarbe, so, dass Lillies Version noch schöner klang als das Original. Das gab es wirklich nicht oft, und mit der Unterstützung des Schülerchors, bekam der Auftritt dazu noch eine ganz besondere Note.

Gerührt und mit einem langanhaltenden Applaus, bedankte sich das Publikum bei ihr und dem Schülerchor für ihre herzergreifende und kraftvolle Konzerteinlage.

Lillie nahm noch einmal das Mikrofon zur Hand und bedankte sich.

»Wow! Lieben Dank ... Dankeschön! Dankeschön! Das hat so viel Spaß gemacht, ich könnte mich glatt dran gewöhnen. Ich hoffe es war nicht das erste und das letzte Mal, dass ich auf einer Bühne singen durfte! Euch allen noch ganz viel Spaß ... Tschau!« Überglücklich verließ Lillie die Bühne. Das Publikum, immer noch gerührt, klatschte weiter Beifall.

Soraya war die erste, die Lillie hinter der Bühne umarmte und sie für die gelungene Showeinlage beglückwünschte.

Weil nun eine Pause folgte, verließen zuerst der Schülerchor, dann die Band, die Bühne. Der anschließend folgende zweite Teil der Show beinhaltete ausschließlich ein C.C.R. – Spezial.

Lillie war bewusst, soeben erlebte sie eine unvergessliche Sternstunde, und noch immer beglückwünschten sie Konzert-Besucher zu ihrem allerersten Auftritt.

Auch Gerrys Begeisterung über Lillies phänomenalen Auftritt war nicht zu übersehen. Es war ihm ein Bedürfnis, es ihr zu sagen. Gerry gab Lillie die Hand und gratulierte zum Auftritt. Dabei kam er ihr ziemlich nahe.

»Mmh ... Du meine Güte ... Wie kann man nur so verlockend und sinnlich riechen. Der Duft passt absolut zu deiner dominanten Schönheit... und singen kannst du also auch«, flirtete Gerry offensichtlich und ungeniert mit Lillie.

Lillie hatte mit so einem Kompliment überhaupt nicht gerechnet, jedoch antwortete sie ihm umgehend ganz nach ihrer Art, selbstsicher und redegewandt.

»Ein Duft sollte das Wesen einer Frau nur unterstreichen und nicht dominieren – denn der bezauberndste Charme, liegt in ihrer Seele.«

»Oh la la. Nun, auf dich trifft dies wirklich exakt zu«, komplimentierte Gerry erneut.

»Ich danke dir. Ich weiß, dass du es ehrlich meinst«, antwortete Lillie ihm, knapp lächelnd, jedoch mit einem selbstbewussten Ausdruck.

Soraya konnte sich ein Schmunzeln über diese Flirtattacke auf ihre jung gebliebene und attraktive Oma nicht verkneifen. Aber das

Kompliment, dass Lillie toll singen konnte, fand sie gut.

Dicht am Original, aber immer mit eigener Note, präsentierten *Die Butterflies* nach der Pause die Welthits der legendären amerikanischen Band Creedence Clearwater Revival. Seit ihrer Gründung war dies ein fester Bestandteil ihrer Konzerte. Der sechs Minuten überlange Song: *I put a spell on you* ... bildete einen fulminanten Konzertabschluss.

Nach fast drei Stunden ging damit ein grandioser Musikabend zu Ende. Das Publikum dankte begeistert mit langanhaltendem Applaus für einen Abend, der auch morgen noch in der regionalen Tagespresse und darüber hinaus, folglich Schlagzeilen machte.

Tag 20
Samstag, 12. Januar

Lange ausschlafen war heute das wichtigste, und erste Priorität hatte ein reichhaltiges Frühstück.

Kurz nach zehn lag Lillie bereits minutenlang wach. Sie konnte und wollte jetzt nicht mehr liegen bleiben. Sie hatte gut geschlafen, tief und fest wie ein Murmeltier. Alles, was sie jetzt brauchte, war wie gewohnt, eine Tasse frischgebrühten Kaffee, dazu die Tageszeitung. Richie dagegen schlief weiter tief und fest.
Lillie las in aller Ruhe in der Tageszeitung. Nach wenigen Minuten waren in der angenehmen Stille selbst die sehr leisen Schritte von Soraya nicht zu überhören.

»Guten Morgen Omi«, sagte Soraya in gewohnter Gute-Laune- Stimmung.

»Hey – Guten Morgen Soraya. Na, schon ausgeschlafen?«

»Ja klar. Ich bin bestimmt schon eine halbe Stunde wach gelegen ...«.

»Hach, wie ich«, antwortete Lillie.

»Dann mach ich für dich deinen Früchtetee.«

»Au ja – danke.«
Auf dem Esszimmertisch stand heute alles, was es für ein reichhaltiges Frühstück bedurfte;

von der Butter und selbstgemachter Marmelade, Schwarzwälder Tannenhonig, Frischkäse, frisches Obst und natürlich der Toaster samt das beliebte Golden-Butter-Toastbrot der Bäckerei Schäffner.

Soraya erzählte Lillie, dass sie diese Woche für ihre Mädchenband *Die Germany Girls* zwei neue Songs geschrieben hatte, und die Mädchen sich am Nachmittag zur Probe treffen werden. Soraya erwähnte, wie gespannt sie war, was die Mädels wohl zu den neuen Texten sagen werden. Auch zwei einprägsame Dancefloor-Melodien habe sie dazu bereits im Hinterköpfchen.

In Sorayas glückliche Augen sehen zu können, war ein großes Glück, und Lillie tat alles, um ihre Enkelin glücklich zu machen.

Ihre kreativen Gene hatte sie eindeutig von Lillie, da waren sich beide einig. Aber, wenn man es genau nahm, und das wussten beide, waren es noch weitere gemeinsame Eigenschaften.

Ihre Unterhaltung war wie immer sehr vertraulich und herzlich.

In einer halben Stunde war Mittag.

»Vier Wochen! Ohne meine Omi … wie soll das denn bitteschön gehen?«, fragte Soraya betrübt.

»Zum Glück sind wir übers Handy verbunden ... du wirst mir auch fehlen ... aber ich werde mich täglich bei dir melden und dir traumhafte Fotos vom Meer schicken«, antwortete Lillie bekümmert. Denn, wenn Lillie irgendjemand vermissen würde, dann ganz sicher Soraya.

Hunger hatte Soraya nach dem reichhaltigen Frühstück noch keinen, aber sie hatte am Vorabend ihrer Mutter versprochen, bis zum Mittagessen wieder zu Hause zu sein. Da war es für sie stets von großem Vorteil, dass man in derselben Straße wohnte, wenn auch fast am anderen Ende. So hatte Soraya bis nach Hause kaum zehn Minuten Fußweg.

»Dann bis morgen Abend Omi ... Mama und ich kommen vorbei, um uns zu verabschieden und euch eine wunderschöne Reise zu wünschen ... wenn auch ohne mich«, sagte Soraya leicht schelmisch.

Lillie umarmte Soraya und wünschte ihrer Enkelin noch einen schönen Tag und viel Spaß bei der Musikprobe am Nachmittag.

»Pass auf dich auf. Und sag Mama einen lieben Gruß.«

»Mach ich!«

∞

Nachdem Lillie draußen die Hühner gefüttert hatte, ging sie zurück in die Küche. Hier war sie heute noch eine Weile beschäftigt. Wenn sie schon einmal auf eine wochenlange Reise ging, sollte die Küche blitzblank hinterlassen sein.

Natürlich lief mittlerweile im Hintergrund das Radio, aber leise.

Lillie war zu beschäftigt und hatte nicht mitbekommen, wie lange Richie bereits unterm Türrahmen stand und ihr genüsslich dabei zusah, wie eifrig sie gerade die Küchenschränke abwischte. Aber irgendwie war dies allenfalls nur Zeitverschwendung für ihn. Vielmehr wollte er sie jetzt in seinem Arm halten, sie küssen und ihren Duft riechen. Er hatte eine Idee, wie er Lillie sanft und liebevoll überraschen konnte ... *It startet with a kiss, in the back row of a classroom ...* verblüffend, wie ähnlich seine Stimme nach dem Original klang. Ohne Melodie sang er diesen alten Hot Chocolate Klassiker.

»Boah! Wie kann man so schmachtend singen, dass man am helllichten Tag Sterne sehen kann. Du machst mich echt schwach.«

Lillie schmiss kurzum den Putzlappen in das Spülbecken und unterbrach die Hausarbeit.

»Eigentlich dachte ich du und Soraya frühstücken noch.«

»Das haben wir auch lange und ausführlich gemacht. Soraya ist erst vor ein paar Minuten nach Hause ... Sie kommt morgen Abend mit Celine noch kurz bei uns vorbei, um Tschüss zu sagen«, antwortete Lillie.

»Ah, das ist gut. Du, mir fällt gerade etwas Wichtiges ein. Wir beide hatten gestern Abend nicht mehr die Gelegenheit zu tanzen. Also wäre doch jetzt eine günstige Gelegenheit dazu, ich meine, das wäre doch ein ganz wunderbarer Start in einen neuen Tag.« Richie nahm ganz einfach die Frau, die er über alles liebte, in seine Arme, und sang den Song mit. Dann begannen sie zu tanzen, wie es romantischer nicht sein konnte. Wie recht er hatte, dachte Lillie, schöner konnte man einen Tag nicht beginnen.

»Du hast recht. Ob am Abend, am Mittag oder am Morgen ist doch letztendlich ganz egal ... Hauptsache wir tanzen«, flüsterte Lillie.

∞

Drei Dinge standen heute noch an; ein langer Spaziergang durch den idyllischen Kurpark, Marks Geburtstag, und drittens, musste Richie heute bei sich zuhause noch ein paar Utensilien für die Reise mitnehmen. Und dann blieb ab heute, Richies Mercedes für die nächsten vier Wochen in der Garage.

»Wie jung wird denn heute dein jüngster?«, fragte Lillie, bevor es nun getrennt und mit beiden Autos zu Richie nach Hause ging.

„Vierundzwanzig. Fabelhafte vierundzwanzig Jahre«, wiederholte Richie lächelnd und stieg in seinen Wagen ein.

Praktischerweise hatte Mark es geschickt angestellt und sämtliche Familienmitglieder auf 15 Uhr zu sich zum Geburtstagskaffee eingeladen. Für Lillie und Richie war es ganz nebenbei die perfekte Gelegenheit, alle Kinder zu treffen, bevor es auf die große Reise ging.

Bei Kaffee und Käsekuchen und natürlich auch Schwarzwälderkirschtorte, verging der heiterere Geburtstagsnachmittag mit Lillies Töchtern und Richies Söhnen viel zu schnell.

»Schaut euch dieses Lächeln der beiden an, diese Herzlichkeit, diese Mimik- und diese Geste ... Mann o Mann ... Das kann kein Mensch schauspielern, wenn er es nicht fühlt«, sagte Michael zu seinen Geschwistern mit einem breiten Grinsen im Gesicht.

»Jaaa! Nur die Liebe lässt uns leben!«, kommentierte Valerie lächelnd.

»Er redet nur noch von Lillie. Eine neue Liebe ist wie ein neues Leben«, ergänzte Moritz ebenso in einem fröhlichen Tonfall.

In zwei mittelgroße Reisetaschen hatte Richie zwischenzeitlich alles eingepackt, was er für die Reise benötigte. Jeden seiner drei Söhne nahm er bei der Verabschiedung ganz väterlich und herzlich in seinen Arm, und jeder von ihnen wünschte beiden eine traumhafte Reise mit vielen unvergesslichen Erlebnissen.

Richie lachte und bedankte sich: »Danke. Danke ihr Lieben ... vielleicht werdet ihr sogar ein bisschen neidisch werden. Denn damit ihr auch etwas davon habt, werde ich mich bemühen, euch jeden Tag die schönsten Fotos von den Stränden und Sonnenuntergängen Ibizas übers Handy zu senden.«

∞

Auch am frühen Abend des zwölften Januars leuchteten am Wildbader Enzufer entlang noch immer die goldenen Weihnachtslichter. Ebenso blieb die stimmungsvolle Weihnachtsbeleuchtung auch im Kurpark der Gemeinde Bad Wildbad, anders wie in anderen Gemeinden, nicht nur bis zum sechsten Januar. Hier konnte man das Funkeln der Lichter stets noch eine Woche länger bewundern.

Der idyllische Schwarzwälder Kurort hatte zwar den Zusatznamen „Bad", aber die Einheimischen nannten ihren Heimatort von jeher nur „Wildbad". Bereits seit Jahrzehnten war der wildromantische Kurpark ein landschaftliches Kleinod ersten Ranges. Ein Abendspaziergang durch den Park lohnte zu jeder Jahreszeit und war einfach herrlich entspannend.

Lillie hatte bemerkt, dass sie gleich mehrere Nachrichten auf ihr Handy bekommen hatte. Sie holte das Handy aus der Jackentasche und schaute auf das Display, wer ihr geschrieben hatte.

»Kathy«, sagte sie verwundert.

»Kelly?«, fragte Richie skeptisch zurück.

»Ja", antwortete Lillie knapp, da sie immer noch am Lesen war.

»Na, das kann ja nur etwas Wichtiges sein«, war sich Richie sicher.

»Sehr wichtig! Ich hatte Kathy in Speyer von einem meiner Songtexte erzählt, und ihr diesen am nächsten Tag per Handy geschickt. Nun hat sie mit ihren Geschwister darüber gesprochen und sie hätten eventuell Interesse daran, den Song zu machen.«

»Welchen Songtext meinst du?«

»*Musik ist meine Liebe*! – Irgendwann hatte ich mir überlegt, meinen Text ausgesuchten Künstlern anzubieten, und da ich der Meinung bin, dass der Text am besten zu den Kellys passt, habe ich den Text als erstes der Kathy angeboten.«

»Wow! Das ist grandios! Davon hattest du gar nichts erwähnt.«

»Nein. Ich wollte erst einmal abwarten. Kathy gefällt der Text gut! Sehr gut sogar, schreibt sie. Ihre Idee wäre eine rhythmische Ballade daraus zu machen. Aber sie meint auch, sie müsse die Entscheidung ihrer Geschwister noch abwarten. Und sie schreibt: Aber da wir Kellys gerade dabei sind, eine neue Tour und natürlich auch neue Songs zu planen, würde der Song hervorragend zu uns passen. – Sie wird mich diesbezüglich in den nächsten acht bis zehn Tagen anrufen.«

Lillie hatte Kathy umgehend eine Nachricht zurück geschrieben und darin bekräftigt, wie glücklich sie über eine positive Entscheidung wäre.

»Hammerstark wäre das! Dann drück ich dir ganz fest alle Daumen, mein Schatz.«

»Dankeschön! – Mein Text, gesungen von den Kellys, würde mich unglaublich glücklich machen. Das wäre wirklich ein *Dream come true*. An diesem Text hängt mein Herz, wie an keinem anderen Text von mir, eigentlich seit der Stunde, an dem ich den Text als Jugendliche geschrieben hatte. Sooft ich ihn später gelesen hatte, nie habe ich nur ein Wort daran geändert. Hach! Für so einen Fall ist es wirklich ein Segen, dass man mit einem Handy immer und überall erreichbar ist«, freute sich Lillie.

Schon längst zuhause, beschäftigte Lillie die Vorstellung, dass so wunderbare Künstler, wie die Kelly Family, vielleicht bald schon ihren wichtigsten Songtext singen würden, pausenlos. Ablenkung schaffte da nicht einmal das Kofferpacken. Auch die Vorfreude auf die Reise wurde dagegen fast zweitrangig.

»So! Meiner Meinung nach ist für die Reise jetzt alles bestens vorbereitet, und was wir brauchen ist gepackt«, sagte Richie.

»Und was wir vergessen haben, kann nicht so wichtig sein«, antwortete Lillie so fröhlich wie ein Teenager.

Es war Abend geworden. Gleich nach der Tagesschau schaltete Lillie das Fernsehgerät wieder aus.
Richie hatte in der Küche zwei Tassen Pfefferminztee zubereitet.
In gemütlicher Zweisamkeit saßen sie am Küchentisch und ließen noch einmal den gest-

rigen Abend Revue passieren. Sie sprachen über das ausgesprochen gut gelungene Konzert, und darüber, wie überwältigt das Publikum auf ihr Lied reagierte. Richie erwähnte, dass die Band noch zu später Stunde, für die nächsten Monate, weitere Auftrittstermine vereinbart hatte. Außerdem war Richie davon überzeugt, dass es ganz sicher nicht Lillies letzter Auftritt gewesen sein wird.

»Es war unglaublich! Dieses Lied, das ich so sehr verehre, einmal auf einer Bühne singen zu dürfen.«
Ein großer Wunsch war endlich in Erfüllung gegangen! Jedoch, wenn sie genauer darüber nachdachte, hatte Lillie insgeheim noch einen anderen, lang gehegten Wunsch.

»Die Musik ist einfach mein Leben! Und deshalb existiert auch noch nach vielen Jahren der Wunsch, mein Hobby zum Beruf zu machen, nämlich irgendwann vielleicht doch noch ein Musikcafé zu eröffnen«, sagte Lillie mit einem ernsthaften, wie sehnsüchtigen Blick.

»Mmh ... natürlich. Wenn die Zeit dafür reif ist, dann musst du dir deinen Wunsch erfüllen, denn Wünsche sollte man sich erfüllen. Damit sind sie erledigt, und was erledigt ist, das plagt uns nicht mehr. Ich habe mir meinen größten Wunsch bereits erfüllt«, sagte Richie sichtlich zufrieden und sah Lillie dabei entflammt an.

»Oh, ich bin dir dankbar dafür ...«, flüsterte Lillie und nahm Richies Hand in ihre.

»Dankbar. Du sagst es. Ich kann gar nicht beschreiben, wie schön es ist ... erst fehlt dieser eine Mensch, den du brauchst, dann ist er da, im besten Fall für den Rest deines Lebens. Es gab Situationen, da fragte ich mich ernsthaft, ob mich denn alle „Guten Geister" verlassen haben. Und heute ist die Welt für mich eine ganz andere. Immerzu denke ich an unsere gemeinsame Zukunft. Ja. Ich kann an gar nichts anderes mehr denken. An all die schönen Momente, die wir noch erleben werden. Die ganze Welt könnte ich umarmen, so glücklich bin ich! Und der emotionalste Tag im Jahr ist und bleibt für alle Zeit der Heilige Abend«, sagte Richie bedeutungsvoll.

»Und der emotionalste Tag im Jahr ist und bleibt für mich fortan der Heilige Abend«, wiederholte Lillie.

Sie waren glücklich und sich genug, und die Reise würde ein weiteres Highlight ihrer Liebe werden.

»Es ist Zeit ... Zeit für unseren Tanz«, flüsterte Richie.

»Sehr gerne ... dazu hätte ich einen formvollendeten Musikwunsch anzubieten«, hauchte Lillie und gab in ihr Handy den Song ein, der zu diesem Augenblick passte wie kein anderer Song ... *I found a love for me, darling just dive right in and follow my lead, well i found a girl beautiful and sweet ...*

Tag 21
Sonntag, 13. Januar

Seine Augen blinzelten und suchten nach ihr. So war er jeden Morgen aufgewacht, seit er wieder mit ihr zusammen war.

»Ich wünsche dir einen wunderschönen guten Morgen und, ich danke dir für deine Zärtlichkeit und deine treue Liebe«, flüsterte er in ihr Ohr.

»Jede Minute mit dir ist unglaublich kostbar. Und, ich kann nur hoffen, dass ich mit dir noch aber Millionen Minuten verbringen darf, alles andere wäre Zeitverschwendung. Immer mit dem Herzen sehen und nie resignieren ... Hörst du mich eigentlich?«, fragte Richie leise und küsste sie sanft auf ihre rechte Wange.

»Immer mit dem Herzen sehen und nie resignieren«, wiederholte sie, und schaute ihn dabei mit einem Auge verschlafen an.
Seit Heiligabend hatte Richie diesen Satz jeden Tag zitiert. Es war für ihn die einzig richtige Lebenseinstellung. Dafür stand er. Lillie machte ein angestrengtes Gesicht.

»Also nach meiner Rechnung wären es bei gut zwei Millionen Minuten immerhin mehr als sechs gemeinsame Jahre«, rechnete Lillie flink nach.

Richie schaute etwas verdutzt.

»Das wäre natürlich nicht genug«, antwortete er.

»Stimmt. Nie und nimmer wäre dies genug. Ich brauche mehr von dir«, schmunzelte sie und bekräftigte seine Worte.

»So! Jetzt aber raus aus den Federn. Um zehn wollen wir das Wohnmobil holen.«

»Bitte. Lass uns nicht hetzen. Zehn Uhr hin oder her. Es ist doch egal, ob wir eine halbe Stunde später das Wohnmobil holen ... ich komme nicht gegen meine Leidenschaft für dich an ... ich möchte, dass wir uns lieben.«
Lillie lächelte und unterlag seinem Charme.

»Außerdem gibt es doch ohnehin nichts Schöneres, als sich zu lieben.« Auch sie verspürte das Verlangen nach dem Liebesspiel, das lange Zeit in ihrem Leben nicht existiert hatte. Sie taten das einzig richtige und gaben sich ganz und gar dem schönsten Gefühl aller Gefühle hin. Ja. Richie hatte recht, etwas Schöneres, als sich zu lieben, konnte man gar nicht machen.

∞

Beide waren noch immer wie in einem Liebesrausch und keineswegs bedurfte es ein großes Frühstück. Richie trank Kaffee, Lillie ihren wohltuenden Lieblingstee, Pfefferminztee mit Akazienhonig.

Wie gewöhnlich überflog Lillie die Tageszeitung. Heute die dicke Ausgabe vom Vortag. Darin gab es eigentlich nur drei Themen, die sie interessierte: Der Wetterbericht, das Zitat des Tages und die Todesanzeigen.

Richie schrieb mit dem Handy Thomas eine Nachricht: »Hi Tomy, wahrscheinlich verspäten wir uns um einige Minuten. Bis nachher«.

Das Zitat des Tages kannte Lillie aus einem bestimmten Grund sehr gut. Es war ein sehr emotionales Zitat. Lillie kannte es aus dem Film *Atemlos* – einen ihrer Lieblingsfilme aus den 80er Jahren. *Atemlos* war wiederrum ein Remake aus den 60er Jahren und hieß im Original *Außer Atem*. In *Außer Atem* spielte Jean-Paul Belmondo die Hauptrolle. Bis heute liebte Lillie *Atemlos* wie andere den Film *Ghost*. Wie oft sie ihn schon gesehen hatte, konnte sie weiß Gott nicht sagen. Richard Gere, der Hauptdarsteller, der unglaublich verboten gut aussah und für Lillie nicht nur einfach ein schöner Schauspieler war. Nein – er hatte auch eine einzigartige Coolness. An seine extravagante Art kam nicht einmal annähernd, ein anderer Schauspieler. Neben Richard Gere spielte die Französin Valerie Kaprisky die Hauptrolle. Kein Wunder, dass der Film weltweit erfolgreich wurde. Und Monica, so hieß Valerie im Film, zitierte dieses Zitat in einer traurigen Szene: *»Zwischen dem Kummer und dem Nichts, würde ich den Kummer wählen«*, das von William Faulkner, einem amerikanischen Schriftsteller, stammte. Wann immer Lillie dieses Zitat hörte oder las, bekam sie Gänsehaut. Lillie las es vor. Richie aber, hatte es nicht recht gehört.

»Wer hat Kummer?«, fragte er irritiert nach.

»Ich habe aus der Tageszeitung das Zitat des Tages vorgelesen. Ich kenne es gut ... und, es berührt mich jedesmal aufs Neue ... *»Zwischen dem Kummer und dem Nichts, würde ich den Kummer wählen«*, wiederholte Lillie.

»Tiefsinnig. Das klingt wirklich sehr tiefgründig. Schmerzhaft fast«, empfand Richie.

»Atemlos, Love-Story, Jenseits von Afrika, Die Brücken am Fluss, Jenseits von Eden, Der mit dem Wolf tanzt und *der Englische Patient...* sind alles Filme meines Lebens. Und jeder ist ein Liebesdrama – ohne Happy-End«, ergänzte Lillie, in leicht melancholischem Ton.

Richie mochte es nicht sonderlich, wenn Lillie auf diese Weise so emotional wurde. Ebenso wollte er nicht, dass sie vielleicht traurige Gefühle entwickelte, deshalb schlug er umgehend heitere Töne an.

»So! Und nun komm mein Schatz, und lass uns jetzt endlich die Traumreise unseres Lebens starten und das Wohnmobil holen gehen. Auf zehn Uhr war mit Thomas ausgemacht, dass wir bei ihm sind. Jetzt ist zehn nach zehn, und bis wir dort sind, brauchen wir auch etwa zehn Minuten.« Richie küsste Lillie auf den Mund. Mehrmals.

Zwar wurde er nicht hektisch, aber Lillie bemerkte an Richie eine plötzliche, nervöse Aufgeregtheit. Nicht dramatisch, aber das kannte sie an ihm nicht.

Mit fünfundzwanzig Minuten Verspätung fuhr Lillie mit ihrem Focus in die Einfahrt der Tankstelle ein und parkte hinter der Werkstatt. Ihr Focus würde nachher von Celine, gegen elf Uhr, abgeholt werden. So lange Lillie verreist war, konnte Celine den Wagen fahren. So machten sie es immer.

Lillie und Richie gingen direkt zu Thomas in den Verkaufsraum, der längst auf die beiden gewartet hatte.

»Einen wunderschönen Guten Morgen!«, begrüßte Richie seinen Freund mit einer kurzen kameradschaftlichen Umarmung, genauso begrüßte Thomas auch Lillie.

Thomas fragte erst gar nicht lange und ließ für jeden eine Tasse Kaffee aus dem Kaffeeautomaten. Wie üblich wurde zunächst erst einmal eine ganze Weile im lockeren Plauderton über dieses und jenes geredet.

Ganz automatisch kam man bei der Unterhaltung natürlich auch auf den grandiosen Konzertabend zurück. Thomas schwärmte in hohen Tönen, wie begeistert das Publikum war, und informierte Richie darüber, dass die *Butterflies* in diesen Tagen zwei weitere Konzertanfragen erhalten werden.

»Du kannst dir schon heute für die Band gleich zwei weitere Termine für den Sommer notieren. Am Samstag hat mir Ole erzählt, er will euch für den Angelsportverein zum Fünfzigjährigen Vereinsjubiläum engagieren, ich meine er hat Samstag, den 27. Juni, erwähnt. Und gestern hat mir Gemeinderat Sven Schneider zugesteckt, dass die Gemeindeverwaltung euch im September für die *Wildbader OpenArt* haben möchte ... Ich sag nur: Läuft für euch! Alle finden es gut, dass ihr endlich wieder gemeinsam Musik macht!«

»Hast recht!, Von der Gemeindeverwaltung kam bereits per E-Mail eine Anfrage. Darüber freuen wir uns! Wir sind echt wieder richtig heiß drauf, Konzerte zu spielen. Irgendwie hat uns die künstlerische Pause sogar gut getan. Jetzt schätzen wir umso mehr, was es bedeutet, erfolgreich Musik machen zu dürfen«, antwortete Richie wertschätzend.

»Sehr stark! Deshalb: Wenn ich mich auch wiederhole ... Die *Butterflies* machen eben gute Musik, und gute Musik bewegt entweder deine Beine oder dein Herz. Das ist euer Geheimnis«, ergänzte Lillie schwungvoll.
Diese begeisternden Worte zauberten allen drei ein breites Lächeln ins Gesicht.

»Tja, aber heute heißt es erst einmal „Adieu", sagen, und deshalb werde ich jetzt auch raus gehen und das Wohnmobil volltanken. Jetzt geht es endlich auf die große Traumreise ... Und wer weiß, wie lange sie dauert«, sagte Richie gut gelaunt und voller Vorfreude, mit einem wohlgelaunten Grinsen im Gesicht.

Er ging in Richtung Ausgang und machte sich auf den Weg zum Wohnmobil. Lillie stand weiterhin mit ihrem Kaffee am Stehtisch und unterhielt sich weiter mit Thomas. Die Tankstelle hatte heute nicht mehr und nicht weniger Betrieb als üblicherweise an einem Montagvormittag.

Mit einem genauen, prüfenden Blick, umlief Richie langsam das Wohnmobil. Er schaute ein letztes Mal aufmerksam die Reifen an. Alles in Ordnung. Gerade, als Richie in die Fahrerseite einstieg, hupte ein Auto mehrmals kurz während der Einfahrt in die Tankstelle. Es war

Gerry, der zur Zapfsäule fuhr. Die beiden winkten sich lächelnd zu und gaben sich, per Daumen hoch, ein Zeichen. Das so viel bedeutete wie: „Wünsche euch eine tolle Reise."

∞

»Seit wir wieder zusammen sind, ist alles wieder schön und noch viel schöner. Dass wir unserer Liebe, damals so jung, begegnet sind, der Liebe des Lebens ... der Liebe, die manche Menschen niemals finden, ist ohnegleichen. Manchmal denke ich die Geschichte zwischen mir und Richie ist so verrückt und besonders. Würde die ein Hollywood-Produzent erfahren, würde er sicherlich einen der besten Liebesfilme daraus machen«, sagte Lillie voller Überzeugung.
Thomas musste lachen, stimmte ihr jedoch zu.
»Und doch konntest du und Richie lange Zeit eure Liebe nicht wirklich leben«, vermutete Thomas vorsichtig.
»Oh doch! Das ist es ja. Bei uns war es anders als bei anderen. Nie waren wir ohne einander, und wir werden auch nie ohne einander sein.«
Lillie hatte kaum den Satz zu Ende gesprochen, da war plötzlich draußen ein entsetzlicher, lauter Knall zu hören.

Noch nie in ihrem ganzen Leben, hatte sie so einen Knall gehört. Wie ein Einschlag. Wie ein Urknall, und nicht von dieser Welt. Es war, als ob sie einen gewaltigen Messerstich verspürte. Lillie ahnte es nicht nur, sie spürte sofort, dass etwas Schlimmes passiert war.

Mit deutlich überhöhter Geschwindigkeit raste ein PS-starker Jeep Cherokee ungebremst Frontal in die Fahrerseite des Wohnmobils, in die Seite, auf der Richie saß.

∞

Herrenlos, hätte man meinen können, kam dieser Jeep Cherokee wie ein Pfeil daher, außer Kontrolle, mit rasender Geschwindigkeit! Ein Fahrer, der die Kontrolle über sein Fahrzeug verloren hatte, krachte ungebremst in das Wohnmobil. Horror! Der blanke Horror! Unfassbares war geschehen!
Richie, der gerade das Wohnmobil starten wollte, hatte nicht die geringste Chance, dem heftigen, plötzlichen Aufprall auszuweichen.
Sein Kopf lehnte an der Scheibe der Fahrertür, ohne Regung. Das Blut lief an der Scheibe abwärts. Keine Chance hatte er. Keine. Null.

Es herrschte ein Szenario wie es schlimmer nicht sein konnte. Chaos und Entsetzen. Die meisten rannten zum Unfallgeschehen. Lillie nicht. Sie blieb an der Eingangstür wie verwurzelt stehen, als könnte sie keinen Schritt mehr gehen. Von jetzt auf nachher. Als könne sie keinen einzigen Schritt mehr gehen. Nicht einen Schritt. Stocksteif und starr schaute sie zum Unglück. Sie schaute unentwegt zur Fahrerseite des Wohnmobils, aber sie konnte nicht dorthin.

Sie fühlte es. Sie fühlte einen Schmerz, den sie schon einmal gefühlt hatte ... doch diesmal war der Schmerz ein anderer. Diesmal war etwas erloschen, das es so nie wieder geben konnte. Sie schloss ihre Augen und die Tränen liefen über ihre Wangen.
Nichts, was der Notarzt und ein zweiter Arzt im Krankenwagen nicht versucht hätten. Alles Hoffen und Bangen war vergebens.
Noch am Unfallort erlag Richie seinen Verletzungen.

∞

Laut des Rettungssanitäters seien die Schwere des Unfalls und die Ursache sehr tragisch. Der einundsechzigjährige Unfallverursacher,

ein Mann aus der Region, habe einen Zucker-
schock erlitten und sei auf Grund dessen wohl
bewusstlos in die Tankstelle eingefahren. Dieser habe schwere Verletzungen erlitten und
schwebe in Lebensgefahr.
Völlig traumatisiert ging Thomas zurück zu
Lillie. Sein Blick versteinert. Kaum fähig etwas
zu sagen. Er öffnete die Eingangstür, neben der
Lillie noch immer stand. Immer noch wie an-
gewurzelt. Keinen Millimeter hatte sie sich
bewegt. Wortlos nahm er Lillie in seine Arme.
Es war das einzige, was er tun konnte. Lillie
schien nichts wahrzunehmen. Nichts. Noch nie
fühlte sie sich so einsam wie jetzt. Noch nie.

Erst als irgendwann ihre Tochter Celine zu
Tür herein kam, versuchte Lillie etwas zu sagen, was ihr aber nicht gleich gelang.
Auch Celine fehlten die Worte. Sie nahm ihre
Mutter einfach in ihre Arme, dann konnte auch
Celine ihre Tränen nicht zurückhalten. Wortlos
hielt Thomas weiterhin Lillies Hand.
»Er und Ich ... einen einzigen kleinen Traum
hatten wir... seit vierzig Jahren. Nun ist dieser
Traum zu Ende. Nur ein einziges Mal. Wir beide allein ... hinaus aufs Meer ... in einem kleinen Fischerboot. Hinaus aufs Meer ... und gemeinsam am Cafè del Mare die Sonne unterge-
hen sehen. Jetzt ist es zu spät.« Lillie hatte kei-

ne Tränen mehr. Das Leben war Alles oder Nichts – Von jetzt auf nachher.

Den ganzen Tag über berichtete das Radio in seinen stündlichen Nachrichten vom schrecklichen Unfall am Vormittag in Wildbad an der Esso-Tankstelle, dass der Unfallverursacher weiterhin in Lebensgefahr schwebte. Den Schaden schätzt die Polizei auf etwa 30 000 Euro.

∞

Sie konnte nicht einschlafen. Die ganze Nacht lag sie wach. Stundenlang drehten sich ihre Gedanken im Kreis. Sie schloss tausendmal die Augen und hoffte jedes Mal einzuschlafen. Sie schaute X-Mal auf den Radiowecker. Sie atmete tief ein und wieder aus. Das Leben musste weiter gehen. Sie wusste ihr Leben würde sich wieder verändern.
Das Loch in ihrem Herzen war größer geworden. Noch größer durfte es nicht werden. Richtig denken konnte sie nur vereinzelt, und doch erschien ihr eine Möglichkeit, um weiter existieren zu können ...
Ja. Eine Möglichkeit gab es. Auch mit einem Loch im Herzen.

Tag 22
Montag, 14. Januar

Einundzwanzig Tage Ewigkeit waren zu Ende.

Fünf Tage und fünf Nächte verkroch Lillie sich im Haus, aß nichts, sagte nichts, wollte niemanden sehen. Einzig allein mit Soraya hatte sie über das Handy Kontakt.

Sie dachte an seine Hand, die sie führte bei jedem ihrer Tänze, die sie tausendmal gestreichelt hatte, aus Liebe, aus Liebe!
Sie dachte daran, wie wichtig ihm jede gemeinsame Minute gewesen war. Sie dachte daran, wie schön es war, neben ihm aufzuwachen. Sie dachte an all die Pläne, die sie hatten, an alles was sie gemeinsam in diesen einundzwanzig Tagen erlebt hatten. Sie dachte wieder und wieder an Heiligabend, an den Tag der Liebe im Jahr. Und daran; wie nur ... Wie nur jetzt weitermachen? Wie nur?
Lillie stand mitten in ihrem Schreibzimmer und blickte auf ein überdimensionales, eigenhändig eingerahmtes Bild. Das Bild zeigte Hermann Hesse mit einem seiner Zitate. Seit Jahren betrachtete Lillie jeden Tag wenigstens

einmal das Bild, auf dem stand: *„Damit das Mögliche entsteht, muss immer wieder das Unmögliche versucht werden."*

Wie wahr. Wie wahr!

Und, eine Möglichkeit, die gab es.

Tag 27
Samstag, 19. Januar

„Omi!! Bitte – Bitte – Bitte – Bitte – Bitte!!!"
„Fang nie an aufzuhören, höre nie
auf anzufangen."
♡♡♡♡ Deine Soraya ♡♡♡♡

Die Nachricht auf dem Display war nicht nur
ein Hilferuf ihrer geliebten Enkelin. Es war ein
Weckruf! Ja, ein Weckruf!

Mitten in der Nacht hatte ihr Soraya die fle-
hende Nachricht gesendet.

Diese Nachricht hatte Lillie tief ins Herz getroffen. Soraya hatte es geschafft, Lillie damit zu
neuem Leben zu erwecken. Ihre Enkelin hatte
ihr die Augen geöffnet. Wieder geöffnet. Mit
einer wunderbaren Weisheit, die schon ihre
Mutter einst gern zitiert hatte. Das war es.

Ihr Leib wurde plötzlich ganz warm, als fließe
neues Blut durch ihre Adern.

Nur wenige Minuten, nachdem Lillie die Nachricht gelesen hatte, fasste sie einen Entschluss.
Und dieser Entschluss stand ab sofort fest!
Ohne Wenn und Aber! Und ohne noch einmal
darüber nachzudenken.

∞

Am Morgen beobachtete Lillie vom Fenster aus das gackerhafte Treiben der Hühner im Garten. Sie zu beobachten, wirkte so lebensbejahend und fröhlich zugleich. So wie das Leben sein sollte. Ja – so wie das Leben sein sollte.

Jetzt! Jetzt war es an der Zeit, das Musikcafè also doch zu verwirklichen!

Lillie fasste einen klaren Gedanken: Was auch immer kommen mag, ich bleibe zuversichtlich. Ich bleibe am Boden, bleibe der Musik treu. Jeder braucht seine Insel und wenn man die gefunden hat, dann verliert man auch die Mitte nicht. Und ihre Insel ist die Musik.

Sie sah den Namen des Musikcafès deutlich, schon in großen bunten Leuchtbuchstaben vor sich: *Lillie's Melodie*. Es sollte genauso heißen, wie ihr Parfum. Und die Leuchtreklame sah großartig aus!

Sie begann augenblicklich neue Pläne zu schmieden: Es müsste sehr ähnlich wie damals das Nebenzimmer eingerichtet werden. Und auch die Tanzfläche müsste genau so klein sein, wie die in der Pfeffermühle. Dort, wo sie einst als fünfzehnjährige, wohl die erste und jüngste DJane Deutschlands gewesen war.

Die Stille im Raum, die sie sonst oft als angenehm empfunden hatte, war mit einem Schlag das Gegenteil. Sie ging in das Schreibzimmer und blieb vor dem Bücherregal stehen, auf dem seit vielen Jahren eingerahmt ein Zitat von Gabriel Garcia Marquez stand. Und wann immer sie es gelesen hatte, hatte sie an *Ihn* gedacht.

Lillie las es traurig im Flüsterton vor sich hin: *„Weine nicht, weil es vorbei ist, sondern lache, weil es so schön war."*

Dieses zauberhafte Zitat machte so viel Sinn, denn Lillie war nun bewusst: Alles, was sich nicht mehr verändert, behindert das Glück.

Im nächsten Moment blickte sie auf ihre alten Schallplatten. Unter mehr als tausend Platten griff sie gezielt nach einer ganz bestimmten. Lillie betätigte den Knopf des Plattenspielers, entnahm die kleine schwarze Scheibe der Hülle und legte sie auf den Plattenteller. Es war das eine Lied, das er über alles liebte, seine Hymne. Genau wie Lillie ein ganz bestimmtes Lied über alles liebte und es als die ihre Hymne ansah.

Wie oft sie diesen Song gemeinsam gehört hatten, seit sie sich damals ineinander verliebt hatten, war unzählbar. Die Melodie begann. Nun hörte sie wehmutsvoll von Rod Stewart *Sailing*, den Song seines Lebens ... *I am sailing, i am sailing, home again, cross the sea ...* Lillie hatte das Lied durchweg mit geschlossenen Augen gehört. Dann kam ihr eine Textzeile

von einem anderen großartigen Song in den Sinn: »Ich würde mein Leben riskieren, um dich bei mir zu haben, dich, dich, dich ...
Sie wollte dieses Lied auf der Stelle hören und gab es in ihr Handy ein. Tracy Chapman *For my Lover*.

Lillie setzte sich an den Schreibtisch, nahm einen Stift zur Hand und ein Blatt Papier, dann schrieb sie ein neues Gedicht. Danach noch eines ...

Liebe Musik
Manchmal führt die Not zu einem
wunderbarem Ergebnis.
Akkord und Wort entsteht,
versteht und hilft,
thematisiert und beschwingt.
Bewegt dein Herz.
Dein Takt sagt: Tanz, Tanz, Tanz!
Generationen lieben Melodien,
Millionen deine Glücksphänomene.
Einzig dir glaubt man sofort, aufs Wort.
Oh ja - Wunder gibt es immer wieder.
Und wenn dann, irgendwann...
Liebe Musik, bitte - stirb du zuletzt.

Meine Sonne sank

Meine Sonne sank.
Mit dir sank des Lebens Glanz.
Aus Rosen band ich dir den letzten Kranz.
Tod oder Lebendig, dir gehört mein Herz.

für Richie

∞

Anmerkungen

Zitat: aus <Ich bin wegen dir hier> Xavier
Naidoo/Andrea Berg, S.19/20
Song: John Lennon <X-mas>, S.23
Song: Nazareth <Love Hurts>, S.24
Zitat: aus <Hungrig bin ich, will deinen Mund>,
Pablo Neruda, Sammlung Luchterhand 2001, S.26
Zitat: aus <In meinen Träumen läutet es Sturm>,
Mascha Kaleko, dtv 1977, S.27
Zitat: aus <Stufen>, Hermann Hesse, Die Gedichte,
Insel Taschenbuch 2001, S.28
Song: von Clout <Save me>, S.32
Song: von Procol Harum <I whiter shade of Pale>
S.42
Song: von Lobo <I`d Love you to want me>, S.55
Song: von David Bowie <Starman>, S.63
Song: von Nicki<Mit dir des wär mei Leben>, S.79
Zitat: aus dem Film <Love Story>: „Lieben heißt,
dass man nie um Verzeihung bitten muss!", S. 81
Song: von Etta James <I´d rather go blind>, S.87
Song: von Robin Schulz <Unforgettable>, S.97
Song: von Kacey Musgraves <Butterflies>, S.120
Song: von Robin Schulz <Prayer C.>, S.124
Song: von Peter Maffay <Sonne in der Nacht>,
S.135
Song: von Chris Norman <Gypsy Queen>, S.145
Zitat: aus <Die Möwe Jonathan>, Richard Bach:
Buch, Ullstein 2007, S.148
Song: von George McCrae <Rock your Baby>, S.153
Song: von Timi Yuro <Hurt>, S.160
Song: von Rod Stewart <Maggie Mae>, S.162

Song: von Barry White <The First, the Last, my Everthing>, S.167

Zitat: <Das einzig Wichtige im Leben sind die Spuren von Liebe, die wir hinterlassen, wenn wir Abschied nehmen.>, Albert Schweizer, S.175

Song: von Kiss <Hard Luck Woman>, S.176

Song: von Sam Cooke <Wonderful World>, S.181

Song: von Daliah Lavi <Ich Glaub an die Liebe und Musik>, S.183

Song: von C.C.R <I put A Spell on you....>, S.186

Song: von Hot Chocolate <It Started with a Kiss>, S.190

Song: von Ed Sheeran <Perfect>, S.199

Zitat: <Zwischen dem Kummer und dem Nichts, würde ich den Kummer wählen>, William Faulkner, S.203

Zitat: <Damit das Mögliche entsteht, muss immer wieder das Unmögliche versucht werden>, Hermann Hesse, S.213

Zitat: <Fang nie an aufzuhören, hör nie auf anzufangen<, Marcus Cicero, S.214

Zitat: <Weine nicht, weil es vorbei ist, sondern lache, weil es so schön war>, Gabriel Garcia Marquez, S.216

Song: von Rod Stewart <Sailing>, S.216

Song: von Tracy Chapman <For my Lover>, S.217

Frage 1: Morgenmensch oder Langschläfer?
Morgenstund hat Gold im Mund.

Frage 2: Dein Vorbild?
Es gibt so viele tolle Menschen, auch viele die ganz wunderbares leisten. Aber wenn ein Vorbild, dann definitiv eine starke Frau wie Tina Turner.

Frage 3: Seit wann schreibst du?
Zunächst: Ich habe immer schon gerne gelesen. Wenn die Zeit dafür da war, am liebsten abenteuerliche Geschichten. Als Kind am liebsten Räuber Hotzenplotz oder Pippi Langstrumpf. So kam es, dass Pippi auch mein erstes Idol geworden ist.
Aber dass ich selbst mal ein Buch schreiben werde, an das hab ich nie gedacht. Aber als ich dann mit Mitte vierzig angefangen habe Gedichte und Songtexte zu schreiben, war es schwer aufzuhören.
Ich bin ein Kind der Gastronomie und habe weder Germanistik, Kunstgeschichte oder Journalismus studiert wie sich Autoren gerne schmücken. Aber, ich habe schon immer eine blühende Fantasie. Das ist mein persönlicher Reichtum.

Frage 4: Wer oder was inspiriert dich?
Also ein Merkmal meiner Geschichten ist immer die Musik, und die Gastauftritte unterschiedlicher Musikstars! Auch in meinen nächsten beiden Ge-

schichten. Und die Liebe gehört natürlich unbedingt dazu!

Frage 5: Was war der Hintergrund eine Liebesgeschichte zu schreiben?

Nachdem ich etwa 400 Gedichte und Songtexte geschrieben hatte, kam mir irgendwann die Idee eine Liebesgeschichte zu schreiben. Sicherlich auch weil ich meine Geschichte schon zu 70% Prozent im Kopf hatte. Und nachdem die letzten Bücher die ich gelesen hatte, mich mehr und mehr enttäuschten, weil sie mir wie eine Kopie von einer Kopie vorkamen. Da dachte ich mir: So jetzt reichts!
Jetzt schreibst du eben deine eigene Geschichte. Eine, wie du sie gerne lesen möchtest. Wie gesagt, in meinen Gedanken war meine Geschichte eigentlich schon da, dann reifte sie immer weiter und wurde von Tag zu Tag immer realer und emotionaler. In vier Monaten hatte ich sie dann aufgeschrieben. Dann, mitten während der Korrektur brach plötzlich wie ein Blitz, das Corona-Virus über den Globus, und lähmte urplötzlich jedes normale Leben. Doch dann passierte zum richtigen Zeitpunkt etwas ganz wunderbares: Ich las ein Interview von der Schriftstellerin Nina George, dass mir Mut machte. Sie sagte: „Ja, es IST relevant, was Du gerade jetzt schreibst. Die Welt ist erschüttert und erschöpft, und eines Tages braucht sie Deine Geschichte. Die Liebesgeschichte, den cozy funny crime, die Saga, das Drachen-Abenteuer, das Aufs-Töpfchen-Geh-Bilderbuch, die Autobiografie eines

ganzen Lebens, den Wachrüttelroman über Flucht oder Liebeskummer oder Angst, auch über Dein Italien, Dein Lissabon, Dein Paris. Auch Dystopien. Utopien. Witze. Poesie. Zweifele nicht, ob neben dem Ernst der Gegenwart noch etwas Anderes Platz haben darf. – Wir brauchen Dich. Erzähl weiter." Außerdem halte ich mich auch an Doris Dörrie. Sie sagt: „Schreib über deinen ersten Schwarm! Oder Schreib über deine Lügen! Schreib über dein Essen in der Kindheit! Schreib ... denn, schreiben bedeutet atmen und das eigene Leben wahrnehmen".

Ich finde sie hat Recht.

Frage 6: Ist dein Schreibtisch aufgeräumt oder herrscht dort Chaos?
Ich vertrage kein Chaos.

Frage 7: Dein Lieblingsplatz ist...
Mein Rosengarten.

Frage 8: Welche Roman- oder Filmfigur wärst du selbst gerne gewesen?
In Jenseits von Afrika, Karen Blixen.

Frage 9: Hast du ein Lieblingswort?
Menschlich.

Frage 10: Lieblingsstadt oder Lieblingsland?
Schwarzwald, Insel Fehmarn und Paguera.

Frage 11: Hast du ein Laster?
Ja! Kuchen aller Art.

Frage 12: Lieblingsfarbe?
Lila, Schwarz, Weiß

Frage 13: Welche drei Dinge würdest Du auf eine einsame Insel mitnehmen?
Gesammelte Gedichte von Hermann Hesse, Schreibzeug und mein Handy.

Frage 14: Lieblingsbücher?
Astrid Lindgren, Hemingway, Autobiografien, Hans Fallada, Gedichte von Hesse, Mascha Kaleko, Wislawa Szymborska.

Frage 15: Du hast also eine melancholische Seite?
Ich besitze eine gute Portion Humor, aber ich bin nicht als Clown zur Welt gekommen. Die Zeiten ändern *dich*. Heute ziehe ich mich gerne zurück, kann stundenlang gut allein sein. Und wenn ich dann sehen kann, wie Eichhörnchen auf Bäume klettern ist alles gut.

Frage 16: Als Kind wolltest du sein wie?
Pippi Langstrumpf. Das wäre ich manchmal auch heute noch gerne. Als Teenager wie Suzi Quatro.

Frage 17: Welchen Luxus leistest du dir gerne?
Ich kann ziemlich faul sein.

Frage 18: Dein Lebensmotto?
Lebe ein gutes, ehrbares Leben! Wenn du älter bist und zurückdenkst, wirst du es noch einmal genießen können.

Frage 19: Was würdest du tun, wenn Du die Welt verändern könntest?
Die Menschheit von Hass, Neid und Habgier befreien.

Frage 20: Was ruft die stärkste Erinnerung an deine Jugend wach?
Natürlich die tolle Musik! Die 70er Jahre waren die goldenen Jahre. Für mich ist es bis heute das beste musikalische Jahrzehnt.

Herzlichen Dank für das nette Gespräch!